U0905560

一本没有书名的书

暖小团——著

時代文藝出版社

图书在版编目（CIP）数据

一本没有书名的书 / 暖小团著． — 长春 : 时代文
艺出版社， 2015.11
ISBN 978-7-5387-4093-6

Ⅰ．①一… Ⅱ．①暖… Ⅲ．①散文集－中国－当代
Ⅳ．①I267

中国版本图书馆CIP数据核字（2014）第047060号

出 品 人 陈　琛
产品总监 郭力家
责任编辑 周玉兰

一本没有书名的书
暖小团　著

出版发行 / 吉林出版集团　时代文艺出版社
地址 / 长春市泰来街 1825 号　时代文艺出版社　邮编 /130011
总编办 /0431-86012927　发行科 /0431-86012939
网址 /www.shidaicn.com
印刷 / 北京盛通印刷股份有限公司
开本 /700×980　1/32　字数 /151 千字　印张 /7
版次 /2015 年 11 月第 1 版　印次 /2015 年 11 月第 1 次印刷　定价 /36.80 元

如发现图书质量问题，可联系调换，质量投诉电话：010-80269336

目录

这是一本很重要的书

文/ 暖小团

2010 年 9 月，我在没有任何思想准备的情况下接到 Offer，反复权衡两天后，从哈尔滨工业大学附属中学辞职，离开家乡，到北京开始做编辑工作。2011 年春节长假后，我开始给《男人装》杂志采写即将上市的 3 月刊封面女郎阿朵。当时的情况是，前一个作者放了编辑的鸽子，可是图片已经拍好，就等访谈就绪，直接排版下印厂。这种情况下，我从备胎转而开始接手做访谈，在三里屯的一家小酒馆里，我跟阿朵聊了两个小时，回家完成了人生中的第一篇人物采访。之后是接下来的封面女郎杨幂、姚笛、蓝燕、袁姗姗、宁静、范冰冰、李小璐、周秀娜，等等，一直至今。

几年下来，我帮若干本刊物写了五十个左右的封面，也凭借这种自成一派的聊天方式跟不少明星成了朋友。我知道，他们亦是平常人，他们也有自己的喜怒哀乐，他们注定不会与屏幕中的形象高度契合。奉若神明看上去太滑稽，他们也不需要，其实对于每个人来讲，能够跟一个知己聊天，那是一件放松且再快慰不过的事情。

我采访人物有一些特殊习惯，比如，从不用录音笔，我总觉得那种东西会带给我太多的依赖，因为回头可以整理录音，所以就不够用心地去听被采访者的每句话。举着录音笔也会让受访者更倾向讲场面话，而大多数访谈真正需要的，则是一种朋友般的叙述和心与心的沟通。不管对方是谁，我会尽量要求每次的采访中，周围只有我们两个人，彼此都放下社会角色，用最大的真诚去聊天。我相信只有这样的方式才能动人，才能讲出彼此心底的话。在这个太多粉饰的世界里，每个人的眼睛都太容易被蒙蔽，去卸掉铠甲，才是让更多人认识一个真实明星正常生活的唯一方式。

如果不是特殊原因，我会尽力坚持每次的访谈都是面对面进行的。我不喜欢电话访谈或者邮件访谈，总觉得四目相对或者看到对方说话时候的一颦一笑，才算见到了一个活生生的人。如果情况允许的话，我通常也会去拍摄现场看看状况，保证文字与图片的统一，也能在拍摄现场看到更全面生动的明星状态。聊天的时候，他们总是静的，拍摄的时候，他们则是动的，这样动静结合，人物也就活灵活现。

这本书的出版经历了不少的磨难。市面上大多数的访谈录其实销量都不好，原因不明，因此，一直有出版社来打听我的杂文集能不能出版，却很少有人问到这本书。实际上，这本书对我来说意义非凡，它记载了我在这个行业三年多的时间里经历的蜕变。因此我在和出版社谈条件的时候，把它当成一个附加条件，我说我可以把杂文集给你们，我也不会强求版税印数，但，你们要给我的访谈录，一个出版的机会，因为它才是我最重要的一个作品。

就像我一直认为的，没有学过专业摄影的摄影师作品总是差点儿意思一样，作为一个没有经过专业学习的采访记者，我也是一样，觉得自己似乎总是写不到位。好在，大多时尚杂志的文字要求并不像新闻或者财经类周刊那样的严谨缜密，没有太过严苛的要求，这也算是我能坚持写三年封面的主要原因。2013 年 9 月，我从《时尚健康 Men’s Health》杂志换到同集团的《时尚先生 Esquire》杂志工作，从之前做两性与专题到现在做明星和人物，这当然和这本书的形成分不开。

坦白来讲，我并不算是一个会聊天的人，或者更不客气地说，我是个不擅长与人交际的家伙。在之前与陌生人聊天的时候，我总是说几句话就语塞，或者干脆笑一下就走人。四年的师范大学生活让我不得不练习在众多人面前讲话，让我不得不开始学会跟不同的人用不同的语言交流，这也算是给现在做的采访留下一点儿技术支持。其实仔细想想，与人聊天是件有趣的事儿，两个之前完全不认识的人坐在一起，用一个小时，甚至更短的时间，讲述各自之前完全不同的生活，不同的思维、不同的性格在同一个时间汇合、撞击，用文字把它们记录下来，这个过程，就有如渗入了另一个生命，开花结果。

生活总是带给我们太多计划之外的惊喜。就像三年前，我从来没想过我会出版一本关于人物访谈的书一样，我也不知道接下来的三年中，命运又会交给我什么。我能做的只能是一边经营，一边等待。也许会有下一本关于人物访谈的书，我希望那也是一次蜕变。

感谢每一个陪我一起聊天的人，你们中大多数是镁光灯前耀眼的明星，你们大多有自己一路走来的故事与往事，能跟你们聊天是件痛快的事。感谢合作过的《男人装》《时尚健康》《嘉人》《悦己》《时尚新娘》等杂志，有你们的信任，才能有我一路的成长。感谢这本书的出版公司和责任编辑，感谢你们的付出和奉献。有时候我会想：作者也是画家，用笔来勾勒你的模样，同时，也在记录你我共同的青春，这种记录不为别的，只为见证明天未知的美好。总而言之，这对我而言是一本很重要的书。如果它销量不错，也许会打破那种所谓的访谈录卖不掉的怪说法，会给所有人注射一针鸡血；如果它销量不佳，那么我以及每一个爱做访谈的人，依然会继续坚持。

2003－2013年

她比当年瘦得多，再没有胶片里记录的婴儿肥，没有那壮硕的小腿。依旧有的是沙哑的声线，弧线完美的笑和一对儿标志性的大眼睛。当这个女人直视我的时候，我能做的只是乖乖缴械投降，把埋藏在心底里的话和盘托出。这不是因为我的㞞，而是这个女人的锐利。

现在的她脾气还是够冲。岁月没资格夺去她漂亮的脸蛋儿，而是让她面对，平添了更多冷静的认识和聪明的做法："我以前会专门在家里挂一个沙包，用它发泄负能量。前几天搬家，沙包撤掉了，现在也一直没再挂上去。我就想，我如果一直就这么不把它挂上去，没了发泄对象，我自然也就又少了一个愤怒的理由。"

"我现在只接两种戏。"宁静说，"第一种是角色好，看一眼就把我完全吸引住了。给我多少钱无所谓，因为我喜欢。第二种就是钱多的，没人跟钱过不去。"她的语言、她的目光，锐利得像把刀子，直接把这世间所有花里胡哨的掩饰杀了个片甲不留。我觉得自己在她面前败下阵来，虽然我从来没想跟她来一次什么对弈，但没有男人不喜欢一个神秘又带点儿危险的女人。

和大部分女人一样，爱情算是宁静唯一的软肋。五六年前，她也会因为男人哭得不行。问起原因，她轻轻叹了口气："可能是因为习惯吧，已经习惯了跟这个人在一起。觉得这个人能让我放心，我跟他在一起能不用操那么多心看住他，我完全可以尽情过我自己的生活，这个人突然走了，我会被闪一下。"我不大能想象出她因为男人哭的样子，她的声调突然有点儿哀伤："你还真别以为，强大就可以解决问题，我也和所有女人一样，我也遭到过男人背叛。"

直到整个故事讲完了，这个女人也没承认她爱哪个男人，可能是因为她不愿意。不过我知道她这样率性的女人，每一滴眼泪都是因为真爱，孤独或者恨都是借口。不愿意承认就算了，至少我能听懂她。

"我当然不会只埋怨对方，我也会自责，但我不会把这事儿告诉他。"宁静歪着脑袋，开始了认真思考，语速也慢了下来，"肯定是因为我有不对的地方，我太跋扈，或者我没更多地顾及他的感受，所以他才到外面去找更多放松和新鲜，这些都是我猜的。我想这些的时候，我已经把他赶出去了。"

千帆过尽后，现在的宁静成熟了许多：她把男人和女人都说成是动物关系。"我不喜欢因为爱情浪费时间。我没有那么多时间去搞定男人，等待男人来选我。我喜欢态度明快，如果男人背叛我，我会第一时间让他滚，没有商量的余地，商量我会心软，心软我会妥协。实际上，这些事儿妥协的结果并不会让这男人改头换面，从此走上正轨，他还是会吃着碗里瞧着锅里。不如干净利落，以绝后患。"

我怕了这个女人。我听说过这样一句话：一个能把自己伤口展示在众人面前的人，已经没有武器再能伤害到她。"我现在经常想，难得糊涂吧，差不多得了，太较真儿只会苦自己，还有谁敢娶我？"她孩子气地嘟起了嘴。跟她聊天让我对她更加迷恋，至少在现在，很少有女人能像她一样，活得简单干脆，爱憎分明。

问及将来，她说她接下来会出一张唱片。我突然想起前不久她在某个晚会上献唱的那首《Loving You》，宁静好像对唱歌这事儿并不大自信：“我这声音在早些年都算是个当演员的桎梏，人家都认为，演员的声音起码应该是圆润好听的，我天生这么一副嗓音，有人说，你这样能当演员已经算是点儿幸，唱歌？甭想。我还就不服了，我怎么就不行了？我偏要试试看。”

我问她，如今，当你什么都有了的时候，你想过什么样的生活？她的回答依然出人意料：“其实我最想一直单身，一个人，就这么无欲无求地生活在寺庙里。”我愣在那儿，一时间不知道应该怎么接她的话茬。她眯缝着眼睛，继续自说自话，眼神像是一团雾，“我说的不是出家，或者修行。我从小就喜欢庙里的生活，安静，与世无争，这是一个人活得快乐的起码保证。”

说起未来，她讲不出个头绪。她自言是个对未来没有设计的人，没有太明确的规划。一切都归功于运气和能力。“顺其自然是最好的了，把未来交给未来吧。”她说这句话的时候像个哲学家。也许什么也不想，也是成功的又一秘诀。

我开始觉得有点儿遗憾了，即便是此刻我与她面对面，她的笑容这样近，我一伸手便可以触摸到她当年镜头里那张高不可攀的脸，但我觉得我似乎依然无法走进她的心，我依然无法准确拿捏她的形状。我开始寄希望于这是因为我们都还没变：她依然是当年那个叫作米兰的美丽神秘的姑娘，我的青春也依然在二十年后，臭不要脸地苟延残喘。

四个小时的采访结束之前，我觉得我最终还是没搞懂这个女人：没搞到，也没懂。不过咖啡厅包间门口，她的经纪人告诉我两个消息：第一点，这是宁静从艺以来，接受采访时间最长的一次。我刚想抽自己一嘴巴死给他看的时候，他说了第二点，那就是，宁静不会跟聊不来的人说超过半个小时的话。这，便是给我呼啸青春最后的慰藉。

努力盛放

如果非要让我用什么来形容范冰冰，我想也许应该是花。无论是紫藤萝、红玫瑰又或者是百合，都恰如其分，因为她的漂亮、淡然、顽强生长。

我第一次在采访名人之前有点儿紧张。坦白讲，我甚至在采访她的前一天夜里彻夜失眠。我生怕我的提问让她不满意，我生怕她拒我于千里之外，我生怕她漫不经心等诸如此类的担心。然而，到了现场的时候，我面前坐着的，是一个盘着腿坐在凳子上的尖下巴的小女孩儿，她一边喝一大杯柠檬水，一边笑嘻嘻地冲我皱了一下鼻子，说："来吧，今天咱们聊点儿啥？"直到这一刹那我才突然发现，我已经呆呆地盯着她的脸看了好半天。

多年来，这个女人一直站在风口浪尖。她曾穿龙袍，她曾给自己做未整容证明，她称自己就是豪门。她获得的关注最多，惹来的争议也最多。关于她的新闻永远是媒体争相报道的头条，她的一举一动、一颦一笑都会被镜头捕捉。男人们迷恋她无可挑剔的容貌和气质，女人们期待自己也能拥有她的勇敢和率性。万千宠爱集中在这样一个刚过 30 岁的女人身上，是的，也只有范冰

冰才配拥有这些。

骤然，面前太多形象交织，直到头晕目眩的时候，我开始告诉自己：眼见为实。面前这个像朵雏菊一样素净，穿着宽松大T恤坐在我对面端着杯子喝水，不时给自己梳个辫子的女孩儿，这个紫罗兰一样优雅，聊天的时候会轻轻咬着手指头听你讲话的小美人儿，这个会跟你把脑袋挤在一起翻看自己手机里相片的姑娘，就是所有人眼中那个高不可攀的女王，那个话题不断的演员，那个光环无数的巨星。然而在此时，我看到的，就是一个无邪的小女孩儿，干净自然，就好像，窗口摆着的那盆小茉莉。

Part 1 一朵充满正能量的花魁

她天生就是能够吸引所有人目光的一个女人，她似乎拥有一切女人的优秀特质：聪明、美丽、善良、自我、温柔、优雅、性感，等等，必要的话还可以算上有钱。无论在男人或者女人的眼中，她好像没有缺点。但是，她自己肯定不这样认为，她认为她胖，所以自称“范冰冰小胖儿”，她觉得自己有点儿神神叨叨，所以又自称“深井冰”。她永远能从自己身上找到最好的所在，也能找到自己需要改进的小不足，但是她永远不会把自己最脆弱的一面展示给别人。这是她保护自己的一个方式。

她在生活中是再寻常不过的姑娘，高兴就笑，累了就哭，看到好吃的吃得比谁都多，爱恨情仇都会不加遮掩直接抒发。她看上去就像是邻家女孩儿，即便是经历了娱乐圈十几年的摸爬滚打，她身上依然有一股孩子一样的气质，你甚至能在她身上闻到一股淡淡的清香。这样的女孩儿，有谁会不爱。

暖小团：范冰冰……范冰冰爷？

范冰冰：哎呀，不敢当，管我叫小范冰冰儿就行。

暖小团：小贩儿是倒腾服装的，您是演电影一腕儿。最起码应该管您叫范冰冰老师。

范冰冰：那我得教你点儿啥好呢？

暖小团：窗口摆了不少植物，你很喜欢花儿？

范冰冰：挺喜欢的，我现在工作室里植物不少，现在只要收到花，我就找同事帮忙放在花瓶里摆在工作室。

暖小团：我一会儿出去给你买花儿去。你喜欢啥？

范冰冰：那我喜欢蜷川实花，哈哈哈哈。

暖小团：话说好像你对咱们这次拍摄的摄影师蜷川实花早有耳闻，对吧？

范冰冰：她导演过一部电影叫《恶女花魁》，听说这部片子在柏林电影节上映时反响不错，于是我就找来看，当时就被这个导演的风格吸引了。后来才知道她也是一个出色的摄影师，很想跟她拍一次片子试试看。

暖小团：这次终于梦想成真了，拍摄过程中有啥特殊感受没？

范冰冰：总体来说感觉挺酷的，整个过程我都很兴奋，可能是因为期待了太久吧。总之我喜欢与这种个人风格很强的摄影师合作。

暖小团：看出来了，编辑老汪跟我说，你在拍一组片子时跟蜷川实花老师拥抱了好多次，你是最近要举办一个“中国好拥抱”的节目吗?

范冰冰：哎呀，拥抱人家是因为我们语言不通啊，所以会有很多肢体语言的沟通……拥抱也算是理所应当。

暖小团：那啥，我最近嗓子疼，咱俩也语言不通……

范冰冰：不许起哄。

暖小团：你第一次拍《男人装》是在 2004 年，第二次是在 2008 年，第三次是在 2012 年，奥运一次，你就上一次封面儿，那么下一次估计是 2018 年吧。

范冰冰：（小声嘀咕）不应该是 2016 吗?

暖小团：抱歉，我数学是体育老师教的。

范冰冰：哈哈哈，太高兴了。终于发现有人比我数学差啦!

暖小团：你还真没什么架子……

范冰冰:架子是最没用的东西。说说吧,对我的第一印象是啥?

暖小团：我总感觉你像是一种植物。

范冰冰：你不是想说我像大树一样壮吧?

暖小团：哪儿能呢？我是想说花儿，如果把你比作花儿，你愿做哪种?

范冰冰：之前有人问我下辈子想做男人还是女人，我说我还要做范冰冰，可是没有叫这么个学名的花儿啊。

暖小团：说到花，想起来个事儿。有人称你是“中国花魁”“中国最美丽的女人”，对于这种评价感觉压力大吗?

范冰冰：现在不是有个挺火的词儿叫“正能量”嘛，作为一个走在台前的人，传递美好的正能量是我工作的一部分，再说我本身也爱美，但是我明白，一个演员有一张漂亮的、独一无二的面孔，尤其是女演员，会是你的一个敲门砖，它会带来的东西是两方面的效应，有人喜欢你，就有人讨厌你。我从来不排斥争议，没有道理要让所有观众来喜欢你，所以你说的这个“美”本身对我没有压力。但是从演员的角度，外表可能会成为一个禁锢，如果你不能有很好的控制的力量，能够冲破外表给观众带来的固有的印象，冲破角色的外在，去表达去演绎一个个不同的人物，就不能成为一个好的演员。关于美，我想我们生活在一个多元化的世界，有很多种族、民族，有不同的美，不是只有一个标杆。比如，牡丹不是唯一的花朵，每一个新鲜的东西都会枯萎，我们也一样。

暖小团：作为一朵花，你现在正是怒放阶段?

范冰冰：你要把一个花的周期拉到一个人生的时间轴上，那我现在距离怒放还有不少时间呢!

Part 2 每个人心里都有一个范冰冰

娱乐圈始终是个乱花渐欲迷人眼的神奇所在，会带给人们多少谈资多少笑料，也就会带给另一些人多少眼泪和委屈。越来越多的人为了实现一夜成名，在镁光灯前搔首弄姿或者干脆牙一咬心一横，拿自己开一场国际玩笑。

我不记得这些年里，范冰冰到底做过多少让人街谈巷议的事儿，多少次登上媒体的头版头条。她似乎从来没有刻意解释过自己的一举一动，任凭媒体喧哗，任凭每个人心中兀自勾画范冰冰的形象。她的好片子从来就不断，从《手机》到《观音山》，从《苹果》到 2013 年上映的《二次曝光》，她演绎了人间百态，也顺便把人间百味尝了一口。

我们一起回忆了几件这些年来她最惹口舌的事情，她并不抗拒，脸上带笑。她说："我可以告诉你我当时是怎么想的，我的动机是什么。因为我最了解我，但是至于别人如何评价，这我管不了，也不想去管。随他们想好了，每个人眼中都有一个范冰冰。"话不多，但是起码让我知道，正在和我聊天的，是个只愿意顺应自己内心不畏别人猜忌的人。

可是上天哪儿会怠慢这样一个完美到无可挑剔的女性。既然她不愿意活在别人的嘴里，也好，那就索性活在所有人的心里吧。

暖小团：关注你这么多年，能从两件事儿上明显感觉到你的成长，从当年去做医学证明自己未做过整形时候的较劲儿，到后来对龙袍事件的不解释不掩饰，好像一次彻底的蜕变。

范冰冰：其实现在想想，当年去医院做这次证明还真是有点儿孩子气。那会儿就是想，你们可以说我怎么怎么着，但是脸是我爹妈给我的东西，我必须得较真儿。你说我弄下巴，你说我磨过骨，我说没有，这么争论没意义，那就拍张 X 光吧，硅胶或者磨骨片子都能看出来，是真的假不了，是假的也真不了，省得以后大家总是因为这么个事儿费口舌。

暖小团：至今为止，娱乐圈自称没整容的演员有不少，但真的敢去医院做个证明的，好像就您老一个。

范冰冰：不过想想也值了。当时片子出来的时候我还觉得挺有意思，原来片子出来就是个骷髅，我还拿手机给自己拍了张照片，跟周围人说，这个也是我，小骷髅也是我。哈哈哈哈。

暖小团：怎么看待现在娱乐圈里女明星整容这件事儿？

范冰冰：这事儿还真是得好好说说，我平时也不怎么看新闻，等我有一天认真看娱乐报道的时候，我惊喜地发现，怎么满大街都是范冰冰。她们都照这个样子整，说我也要个范冰冰那样的下巴，我也要个范冰冰那样的鼻子。

暖小团：哈哈哈，你当时是不是想，整吧，整吧，我以后不用照镜子了。

范冰冰：其实整容危险性还是挺大的，不是说那时候有个快女就因为整容没下来手术台嘛。你说，脸蛋儿跟活着，你要哪个？

暖小团：我要活着的脸蛋儿。最近电影节上，又有演员因为在电影节上的服饰打扮惹来不少舆论，你怎么看这事儿?

范冰冰：其实是这么回事儿，我每次去国外参加电影节，都有人问我: 你是韩国演员? 我说不是，我是中国人。等我到了韩国，又有人问我: 你是日本演员? 我说不是，我来自中国。

暖小团：就是来自中国的。

范冰冰：其实咱必须承认，在很多外国人眼里，中国演员总是陈旧的那种，就好像还是《秋菊打官司》的那种，都应该是小红脸蛋儿，黑黄的脸膛儿。我不服气，我特想告诉他们，现在的中国早就不是这样了，中国演员一点也不比你们的差。我不是不能在电影节上穿着一身小礼服，一样很漂亮，但我当时就是想给自己省下点口舌，中国元素的穿着就是最有力的语言。很多人说，范冰冰和团队其实为这件事儿预谋很久了，就是想用这个打扮如何如何，这在我看来很可笑。其实多理解一下演员吧，他们没传说中那么复杂。

暖小团：评价一下现在你眼中的娱乐圈吧。

范冰冰：入行十四年之多，现在的娱乐圈跟我们当年的娱乐圈真的不一样，变化挺大的……

暖小团：范冰冰老前辈，给我们讲讲你们当年的故事吧。

范冰冰：我们那时候吧，演员的地位是纯粹靠自己演技决定的。我必须承认，现在有点儿歪风邪气，总有想不劳而获的人。

暖小团：这事儿其实不光演艺圈，哪儿都有这号人。

范冰冰：咱们都没能力拦住所有人，说你别这样，这不是一个演员赢得关注的最好的办法，我能做的事情很简单，就是让自己不做这样的人，自己的一切都是自己奋斗得来，这会让我特别有成就感。我确定，无论现在的风气是什么样的，都是暂时的。我觉得演艺圈永远需要有用实力说话的人，我愿意成为这种人。

暖小团：嗯，引用眼下一句流行的句式总结你吧：可能你就是为了演戏而生的。

范冰冰：这我不同意，演戏其实是我生命中第二重要的事儿。

暖小团：那么敢问，您生命中第一重要的事儿是什么？

范冰冰：吃好吃的。

Part3　我不是范冰冰爷

岁月总是喜欢厚待那些热爱它的人，对待范冰冰亦是如此。时间没有在这个女人的脸上留下任何痕迹，生活也对她格外垂青，机遇和挑战交相辉映，都拜倒在这个女人的石榴裙下，那些原本属于她的光环依然熠熠放光，然而我们依然能看到形形色色的角色背后，是原本不加修饰，真实灵动的她。她说，这么多年以来，成长的，只有她的心灵。

大风大浪中走过来的她，不慌、不乱，微笑仍然时时挂在嘴边。“我要感谢所有恶语中伤过我的人，因为是他们让我成长，他们让我知道这世界上还是有恶的，不然我会一直用最天真的心态去面对所有的人和事，那时候，任何一个打击都可能是致命伤。”

说起这些的时候，她脸上挂着胜利者的微笑，她赢了所有的流言蜚语，用的方法很简单，不解释，不暴躁，只是继续笃定恬然做自己。拥有这样心态的女人，没有理由不成功。

然后我发现，写到这里的时候，我已经彻底被这个女人征服。

暖小团：我们杂志上市的时候，你的新电影《二次曝光》也该上映了，感觉好久没在大荧幕上看到你了。

范冰冰：想我了吧？《二次曝光》是个特别抓人心的片子，导演我也喜欢，叫李玉。

暖小团：女主角我喜欢，叫范冰冰。

范冰冰：我知道你喜欢我，哈哈。

暖小团：剧透一下呗，这里面你演的宋其是个啥样性格的女人？

范冰冰：嗯，宋其是个有血有肉有性格的女孩儿。她有很多对立面儿：相信一切，深爱一切，但又怀疑一切。

暖小团：范冰冰老师，认真请教一下，这种复杂的人物性格，怎么演才能真实和深入人心？

范冰冰：多接触人呗，形形色色的人，观察各种人，这是演员的基本功课。其次是自己对人物的理解，这个时候你的生活、阅历沉淀下来的东西会帮助你，带入角色之后，你就是她，她就是你，演戏的时候我就经常这么告诉自己，没错儿，我就是宋其。

暖小团：敏感问题来了，据说《二次曝光》里有不少大尺度湿身出镜，没用替身？

范冰冰：哎呀，那不算是大尺度湿身演出，那就是一场水下的戏。不过我为此下了不少功夫倒是真的，没用替身。

暖小团：说到尺度，突然想起来个事儿。上个月我们跟一个明星合作，她同意拍内衣片子，她经纪人死活不同意。你怎么看尺度的事儿？

范冰冰：尺度这事儿，咱不能把这个东西孤立地来看。还是得放到具体内容里，若是剧情表达或者是片子创意的需要，能在一个合理的范围内那就要去完成。

暖小团：现在给媒体拍照片最在意自己的什么？

范冰冰：我是个标准的处女座。你懂的，这个星座的人说得好听是爱完美，说难听了是拧巴。我对自己拍照这件事的要求从没变过，拍照前一天一定会给自己敷一张面膜，也给化妆师省事儿。内容上每次都想拍点儿不一样的，从合作的摄影师、艺术家到创意、妆容、服装，最好都能跟着看看才放心，因为我本身对这个就挺有兴趣，特别愿意参与其中。

暖小团：江湖上人们都叫你范冰冰爷？

范冰冰：哈哈哈哈哈，这个名字其实真的不是我取的，也不是来自周围人。应该是影迷的主意，他们也许觉得我这人我行我素的像个男孩儿性格，挺适合这个名字的吧。

暖小团：第一次听到这个称呼的时候有啥感觉？

范冰冰：我刚开始都不知道他们范爷范爷地是叫我，有一次从飞机上下来，机场一群影迷举着牌子喊：“范爷范爷我爱你！”我回头就跟助手说：“范伟也在这个飞机上啊？他的影迷来接他来了？”

暖小团：对不起，我能笑场吗？我真的憋不住了。哈哈哈哈哈哈。

范冰冰：其实现在想想，这个名字叫一两个月觉得还挺好玩儿的，图个新鲜，要是以后总这么叫，倒是觉得挺奇怪的。其实我就是个平常人，不是爷。

暖小团：那就跟我们说说你代表女孩儿性格的事儿吧，我给你传出去。

范冰冰：成立工作室之后，我同事基本上都是女孩儿，她们也算是我的闺蜜。我们经常一起说说悄悄话什么的，喜怒哀乐都跟周围人分享，我觉得这是一个团队应该有的和谐关系。所以我就拼命对她们好，给她们足够好的福利和待遇，因为她们也对我好。

暖小团：那我也对你好啊。

范冰冰：你不是女孩儿啊。

暖小团：我哭了。

范冰冰：前几天帮个朋友操办了婚礼，觉得还挺有成就感的，看着自己的朋友和爱人幸福地走在一起，自己哭得像什么似的。当时我就想，我一定要把工作室里的姑娘们一个一个都嫁出去，还要嫁得好，然后自己再嫁，见证自己在乎的人的幸福本身就是个让人幸福的事儿。我觉得自己一直以来都挺感性的吧，这种事儿应该男人做不来吧。

暖小团：那你想让别人怎么称呼你。

范冰冰：具体叫什么我也说不上，但我不是爷，我也有爱情。

暖小团：透露一下吧，你男朋友是个什么样的人?

范冰冰：(一脸甜蜜状)他……是一个能让人感觉内心安静、能够反思心灵的人……

暖小团：(小声嘀咕)那不是教堂嘛……

范冰冰：啥?

暖小团：我说怎么不是我?

范冰冰：切!

暖小团：如今三十岁过了，事业上、生活上能尝试的角色也基本上尝试了个遍，自己接下来还想做的事儿都有哪些?

范冰冰：结婚，生孩子呗，哈哈。你呢?

暖小团：我说我也是你办上面那些事儿时能带上我一个吗?范冰冰小花儿?

范冰冰：……

写这篇采访稿的时候，我一直在听The Cranberries的《Never

grow old》，算是应景。细细算来，范冰冰也年过而立，女神也终究会老。年华不会偏袒任何人，时间一刻也不会等我们。我们能做的，就是过好每一天。

是的，写完这篇采访稿的时候，我发现这个叫范冰冰的女人并非女王，而是一个干净单纯的姑娘，我爱她这样的真实。

30 岁已过，这个女人的青春好似已经落下帷幕，但是就像她自己期待的一样，她更多迷人的精彩和美丽，才刚刚绽放。

性感不朽

年龄对大部分女人而言，是怖惧，可对莫妮卡·贝鲁奇而言，更像是恩赐。

她从始至终就打拼在拼完年龄拼身材拼完身材、拼气质的圈子。现如今面对满世界的莺莺燕燕，她能做的只是淡然一笑。青春饭这位姑娘吃腻了，当她在T台之上翩然走来、艳惊四座的时候，现在的所谓佳人也许正在襁褓咿呀学话。这就是她的资本。年龄是最无法投机取巧的东西，没有人能凌驾于它之上，经历过年华的考验，莫妮卡·贝鲁奇牢牢地把故事攥在手中。但这些无非是从她人生的乐章中攫取的一个小音符，仅此而已。而她，显然是一曲绵亘至今的经典交响乐。

真不错。如果她当年能按部就班地从法律系毕业，那么，也许这位可以熟练使用意大利语、英语、西班牙语、法语的大妞儿如今很可能是一名在法庭之上雄辩的律师。

好在老天不会开类似玩笑，它可不喜欢辜负任何一个尤物。

当年，这位还稍显青涩的女大学生为了筹学费，机缘巧合地成了一名兼职模特。她在这一行当的潜力很快被发掘，为了实现个人价值的最大化，也算是为了成全自己的天赋异禀，她干脆选择退学，并用最快速度签约了模特公司，用期待做导火索，引燃了自己的小宇宙，成了不鸣则已、一鸣惊人的 T 台之星。

在镁光灯下纵情绽放的经历让她内心的高贵气质一层层破壳而出。单纯的走秀已然再不能彻底满足这位尤物，你可以把它想象成一种内心的不安和骚动。但总之，上帝就是这么不公平，它永远可以把所有的好东西都给予同一个幸运儿，在恩宠的沃土中恣情生长的莫妮卡·贝鲁奇，她身体里的每一滴乖戾的血液似乎都注定了这个女孩儿未来会成为一朵奇葩。

在系统地研修了演艺课程之后，1990 年，只有 26 岁的她开始在影视圈大放异彩。太多耳熟能详的电影角色中，她恰恰是美得最能沁人心脾的那一个。“我从来没要求过自己能走红到作品目不暇接，我只希望全世界记住我的名字，这就足够了。”霸气外露的话说起来需要勇气，更何况，她就这样凭借一己之力做到了。

我们必须相信，拥有这种禀赋的女孩儿即使是本色演出，也能感人至深。她更像是一个真正意义上的表演天才。和大多数畏首畏尾、苦苦被尺度和传统思想桎梏的女演员不同，她大胆地用身体的语言诠释了人物鲜活的灵魂和丰满的内心。

“我才不喜欢充满约束的演出。纵使是一刹那，都不存在‘扮演’这种事情，我应该而且必须做的功课，就是相信：我恰好就是那个角色。”说起这些话的时候，她不像是在传授经验，而是在赞许她引以为荣的人生。

于是，我们可以轻而易举地看到，影视剧中她的歇斯底里、她的沉默寡言、她的神经兮兮、她的搞笑天分。我们为什么不爱她？我们没有任何一个理由不爱她。美貌、智慧、性感的特质能够让她满足男人对于女性的一切幻想；离婚、生子、再婚，这些阅历也足以让她击退女人对于未知生活的一切恐惧。没错儿，莫尼卡·贝鲁奇在一切性别的人类眼中，都是一个绝对神奇的所在。

“本色即是最摄人心魄的性感。用自己的理解去解释一切故事，人生中所有的困苦都像是馈赠，设身处地地去解释剧中人物的喜怒哀乐，便是对爱电影的观众最好的答谢。”去为这样一个具有强大内心的女演员使劲儿鼓噪呐喊吧！欢欢喜喜地成为这个女人的拥趸，温柔在此时此刻一文不值。

必须感谢她的每一次全情投入，这是一场难得的两情相悦。对莫尼卡·贝鲁奇来说，每一次的角色诠释都是一次纵情享受；对于观众，在影片中却能准确无误地看到整个人生。当然，我们也可以残暴地把它解释成一次劫持，劫持了你我目前的状态，我们只能从自己心灵的反光镜中看到，这个女人高傲地扬起下巴，等待所有面对人生几欲妥协的人们对她的果敢俯首称臣。

她的经历应该足以让她成为一个出色的导演了。相对于同期出道的女演员，她更像是一个怪胎：在他人星光夺目的时候，她从容平淡得像是怯懦的新人；在他人已然偃旗息鼓，从影坛销声匿迹的时候，她始终嘴角含笑、不急不躁，却每年都有堪称惊艳的新作品奉献世人。

心怀大爱，所以才能在每个角色中体味一种别样的人生；心怀大爱，所以才能在人生若干次地把自己玩弄于股掌之上的时候从容淡定。当我们真正与这样一个岁月都征服不了的女性面对面坐着的时候，她平和得宛若常人，就像是一个潜伏在人间的精灵。

为什么一定要为鲜嫩多汁的小萝莉欲罢不能呢？甜美的青春品尝起来虽似巧克力，入口即化，却甜腻得不可多食；而成熟的女人更像是一壶好酒，虽入口时炽热得难以驾驭，可轻轻抿一滴在唇边，回味便可以恒久绵长。

好了，我们不妨可以这样下结论：时光留给男人的，是回忆；留给女人的，是锤炼。留给这个女人的，是不朽。

万幸万幸，从任何角度来看，47 岁都不是一个女人的极限。她不过只是拥有了一个美好的家庭而已；她不过只是一个 7 岁女孩儿的妈妈而已；她不过只是参演了几百部影片而已；她不过是拿过所有女演员都想拿的最高荣誉而已。是的，仅此而已，一切远没有结束。一切关于性感和不朽的故事，才刚刚开始。

甜马尾

明星相到底是个什么样儿，似乎向来就没有定论。

此刻坐在化妆间里的吉克隽逸并不在乎这个，她黑得漂亮，梳一个简单的马尾辫儿。对妆面没有任何要求，化妆师为她贴好假发片的时候，她看着镜子里的自己呆呆地出了一会儿神儿，好像在看一个之前完全陌生的人，美甲师为她贴好了长长的指甲，她就直接转过头来张牙舞爪地扮成黑山老妖来吓唬周围的人。我跟她说，我没见过一个艺人对自己的妆面没要求，你总该知道自己什么样子最好看对吧？她有点儿委屈了，在镜子里看着我，对我说："我真的不知道，以前每次上台的妆都是我自己瞎化的。"

我面前突然出现了这么一幅画面：一个狭窄的后台，一束泛黄的光，一面斑驳的镜子，一个小姑娘正对镜贴花黄，样子蹩脚又卖力，她是在为自己本年度第 1001 次上台唱歌做准备。她显然不知道我在想什么，依然在喋喋不休："我是学画画的，刚开始唱歌的时候条件又差，索性就自己给自己当化妆师，其实什么也不懂，假睫毛反复贴了无数次，上面的胶都那么厚了也照样乐颠颠儿地继续粘。现在你们请的化妆师都是专业的，人家化得肯定比我不知好多少倍。我还要求啥？”

我想，如果在人群中，她肯定不是那个最引人注目的姑娘：貌不惊人，话并不多，也很少对东西有什么特殊要求，她没有电视上看到的那么大。只有在谈起音乐的时候，她才眉飞色舞，似鸡血刹那间注满身体，讲得头头是道。我就曾亲眼看到，在后台的她，前一秒钟还在因为服装助理给她穿的透明长裙发蒙，下一秒钟，在听到片场音响里放的Rihanna的时候就突然大声地跟着唱起来。我说，我能想象你在台上的样子，她咧开嘴笑了，说：“对吧？化妆这东西是为我唱歌做辅助的，好坏倒无所谓，我主要还是唱歌的，这个我才最在意。”

成名确实是一味能让女孩儿迅速成长的催熟剂。在刚刚过去的这个夏天，眼前的这个姑娘出现在当时最火的那个选秀节目中，那是大多数人第一次见到她，她露着黝黑的肩膀，衣着鲜艳，脸上泛着年轻女孩儿特有的光芒，声音厚重有力，整个人就像是一个丰满多汁的热带水果，神秘、清冽又充满致命的诱惑。

我专门去找过她在海选第一场结束后接受采访的视频，那时候的她面对镜头时，对待所有问题都要先支支吾吾一阵儿，手紧紧拉着身边妈妈的胳膊，有时候显然还需要妈妈来给开个头儿，像是一个生怕答错问题的小学生。几个月之后，她已然可以独当一面，态度不卑不亢，十分得体。只是在谈到江湖风传的争议事件的时候，颇有点儿愤愤不平。“我就是我，我不允许自己把假装的一面给所有人看，那不是我，也不允许任何人按照主观想象来臆造一个我。”吉克隽逸说到这儿的时候有点儿不高兴，噘起了嘴，“你了解我吗？你凭什么那么说我？我怎么了？”她的小脸儿因为情绪激动有点儿泛红。突然好像想起了什么似的猛地转向我，连连说：“我可不是说你啊！”

没有一个选秀出来的人物能够没有争议，即便是如今演艺事业如日中天的人，想当年初来乍到时，也都曾惹来铺天盖地的口水甚至人肉搜索。身份猜测此消彼长，新闻爆料每日更新。我没有刻意回避任何一个争议问题，我想把所有外面风传的事情问个明白，即便她暴怒之下把我赶出片场也在所不惜。我倒要看看，这个刚满 24 岁的女孩儿在这几个月经历了大风大浪大红大紫之后，到底有什么本质的变化。

说起夏天的那些轰轰烈烈的比赛，她像是回忆一个自己的梦。她告诉我，让她印象最深刻的比赛是那场 1/4 决赛。“真的不是总决赛吗？”我反复地问她，她很坚定地摇了摇头，“不是，就是 1/4 决赛。那一场妈妈来了，三姨来了，舅舅来了，还带来了好多家那边的亲戚。他们都在后台为我加油，这让我压力特别大，觉得要是输了对不起他们，整个比赛过程，我都没跟他们说什么话，一直戴着耳机在听下一首歌。我也不知道自己能不能继续走下去，我能做的只是在主持人叫到我名字的时候站到台上去尽可能好地完成这首歌。至于结果，那不是我决定的，想太多了我也害怕。”

我问她，整个比赛下来有没有遗憾，这个问题显然触动了她的心，“有一场比赛的歌曲是头一天晚上突然间通知要换的，所以对我来说算是个特别大的挑战，我紧张死了，戴着耳机足足听了一天一夜。唱歌的时候觉得自己把所有力气都用上了，如果非要说有什么遗憾的话，可能就是，前一天如果多休息一会儿，也许会好吧。”她的声音开始哽咽，似乎马上就要哭出来，但她自己非常快地调整了一下，让我听不出。我突然开始很纠结，我在想，如果这个女孩儿真的在我面前哭了，我到底是该过去抱她，还是应该索性让她哭个痛快。

她的一举一动还是有一种典型的小姑娘气息，比如她脚上的粉红色毛绒兔拖鞋，比如她蹲在片场角落里大口地嚼着最廉价的盒饭，比如她用粉色吸管喝了口奶茶就高兴得手舞足蹈。她告诉我，她总觉得自己来做《男人装》封面好像压不住，有点儿心虚。问她为什么，她才小声说，她想象的《男人装》封面女郎，应该是范冰冰或者是张柏芝那样的，漂亮、聪明、性感、人群里光芒万丈，完全不是她这种懵懂的傻妞儿。

除了在台上唱歌的时候，吉克隽逸大多的时候是怯怯的，还有点儿自卑，像是一只青涩的桃子。不喜欢这种味道的人会因为它的酸涩干脆敬而远之，然而，还有一大部分人，会为它独特的味道神魂颠倒。

我让她用两个字来形容自己，她想了好一会儿，告诉我，是“快乐”。

快乐哪儿有那么容易？这一路走过来，有多少赞许便有多少质疑。她说，自己也曾因为外界对她那一身四五万的行头质疑，而躲在屋子里哭了一天，觉得委屈。“歌手就不该有钱吗？我唱歌这么多年，收入也稳定了，赚得也还算多，又爱美，年轻嘛，给自己花钱也是应该的。怎么就一夜之间冒出来那么多骂声，我又没花别人的钱，我又不是秀给别人看的。我是歌手，关心我的声音就行了，不是吗？”

她始终强调，自己是歌手。歌手，歌手，这就怪了，我问她，歌手和歌星（歌唱艺术家）有什么不一样？她给了我这样的回答。“歌星是有无数粉丝（歌迷），真的特别有明星范儿的那种大腕儿。我不是，我只是个歌手。实际上，单纯地喜欢唱歌，在酒吧里给人唱歌，拿唱歌维持生计的，就是歌手。”

做人物采访这些年以来，姑娘小伙儿见了不少。吉克隽逸是第一个敢勇敢承认自己是酒吧歌手出身的艺人，她并不觉得这是一种什么缺点。“酒吧歌手怎么了？酒吧歌手不代表唱功差吧？不代表品行有什么问题吧？你们以为酒吧歌手是那种陪人家唱歌儿、阅人无数的那种吗？那是夜总会小姐吧？那才不是酒吧歌手呢。是你们自己想复杂了吧？怎么非要诋毁这一行业呢？”眼前这个小姑娘越说越来劲儿，两只腿盘在椅子上，整个人对着我，我请她给我讲讲，酒吧歌手过着什么样的生活。她的回答诗意而残忍：“卖梦，卖一个能让自己继续唱下去的梦。”

想来也是，哪儿有那么多舞台，哪儿有那么多大腕儿，哪儿有那么多机会公平地留给每一个热爱唱歌的孩子。他们想唱歌，他们想用自己尚且年轻的喉咙给自己唱出个未来，他们除了唱歌没什么其他技能，不去酒吧做歌手，他们还能干什么？酒吧就是他们第一个梦想舞台，钱对他们来说，永远没有梦那么重要，你看，他们就这么好满足。当简易粗糙的镁光灯打在他们身上的时候，当他们的声音能够辐射到整个空间的时候，当他们有专门的乐队为自己的歌声伴奏的时候，当他们积攒下第一拨听众的时候，他们就已经心满意足。“我能记起，当年在酒吧里，每一个在我一曲唱完，给我掌声和欢呼的人的脸。”吉克隽逸这样说，她咧开嘴笑了，表情虔诚而幸福，甜美得就像一个正在教堂里交换戒指的新娘。

而你我在用青春忙些什么？在读一个父母给选的大学专业，在谈一场也许毕业就分手的恋爱，在考一些听上去体面，能当个铁饭碗的工作，接下来是娶一个自己不爱的人，为一个自己不爱的事业耗尽喜怒哀乐。回头想想，似乎没有哪个完全合自己心愿。相比之下，那些挣扎着脱离了束缚，年纪轻轻就会一拍胸脯为自己梦想买单的孩子们，反而比捧着若干张证书却梦想空空的你我，更加牛气。

又是一年12月，我问吉克隽逸，你在这一年里最想感谢的人是谁？我以为她会指着门口的那个在帮她谈接下来MTV合同的男人说，是我的经纪公司；或者说是栽培我看好我的刘欢老师，和《中国好声音》这档节目给我了一个圆梦的机会，没想到她的答案短促有力："最想感谢妈妈。因为我现在拥有的，所有的一切都是她给的。"

走红，像是一个性子执拗脾气古怪的漂亮姑娘，所有人都向她主动抛媚眼儿，每个人都想跟她亲近一番。她懒得搭理，也不拒绝，始终让人心里仍有希望，但就是不属于你。什么时候等到你累了倦了，感觉自己实在争取不到，想要放弃的时候，她反而过来挽住了你的臂弯。你是不是真心，你在没在努力，她都看在眼里。她需要足够的时间去考验这些事儿。走红可能是你和运气的一见钟情，但更多的时候，我们只看得见一个人的走红，却看不到他一路走来的泥泞。

"如果，我是说如果，有一天你不红了，没有人记得你，你会做什么？"我问她。她微微眯起了双眼，开始了自己的想象："不红就不红，无所谓。反正我也唱够了，唱了这么多年，苦受了不少，也尝过甜的滋味儿了，知道红了之后的生活是什么样。我已经知足了。”她的语气像是个千帆过尽的耄耋老者。我感觉自己心脏被骤然捏紧：这种 24 岁的坦然和冷静，似乎抽了所有正在玩儿了命地奔袭在升迁或是成名道路上的人一记响亮的耳光。

她永远回答不上来所有关于将来的提问。我问她，你想什么时候结婚？她说，不知道，可能哪一天就闪婚，可能一直就这么着。我问她，你接下来想演个电视剧或者电影吗？她迟疑着摇头，说不知道。“明天的事儿，只有明天才知道啊。”

于是我问吉克隽逸，我说你现在想做的是什么。她的答案脱口而出“休息”。娱乐圈是个向来只见新人笑不闻旧人哭的地方，过气了就是过气了。当所有新人都像上了发条的钟一样，奔跑永不停歇的时候，这个生于 1988 年的小女孩儿说，累了，想休息。我指了指门口坐着的经纪人，把食指放在嘴边，跟她说别闹，你明年的日程怕是都已经排满。她轻轻地叹了口气，道：“唉，那就一直奔跑吧，奔向我的下一个梦想！”她冲我一笑，“我的下一个梦想，就是能好好休息。”

我没有对她留情，留情也许是对她梦想的无情，为了这个小红人能更早地拥抱她的下一个梦想，我说：“开工吧。”

回来的路上，我觉得自己好像把什么东西忘在了现场，后来想起来，是有句话忘了告诉这个黑妞儿：其实性感就是一刹那的感觉，它根本没那般堂皇深奥，就如同她回头第一眼看我的时候，我就觉得她那一根朝气蓬勃的马尾性感极了。

永远风情

一个女人能做到小 S 的如此这般，离婚这种事儿应该向来不在我们的考虑范围之内。

恋爱及婚礼：给爱情加点儿友情

众所周知，小 S 曾经与中国台湾艺人黄子佼有过一段轰轰烈烈的恋爱，这场感情最终因第三者介入而告终，失恋后的小 S 哭得声嘶力竭。面对下一次恋爱时，她显然吃一堑长一智，并不高调恋爱，直到订婚时，丈夫许雅钧才成为媒体争相报道的人物。事实上，足足年长小 S八岁的许雅钧并不是标准的富二代：父亲是一位医生、母亲是一名律师，他并非传说中的名门望族。聪明如小S，当然不会只把目光牢牢地盯在男人的钱包上。二人恋爱时，曾经被狗仔队拍到一起在台北街头吃大排档。这也许就是小 S 不拘小节、我行我素的又一表现。

小 S 在中国台湾省演艺界的好人缘有目共睹。这位双子座女王的周围向来不缺闺蜜，除了亲姐姐大S以外，范玮琪、吴佩慈都与她是绝对合得来的女人帮。对于女人来说永远是这样：即使在婚后，有一群窝心的姐妹也会让她更强大。婚礼时，小S的所有姐妹均空出档期充当伴娘，一起欢天喜地地把这个古灵精怪的鬼女郎嫁出去，场景好不热闹。我们不难看出，在婚姻问题上，小S的选择是理智果敢的，况且有了圈中好姐妹的祝福，自然幸福得溢于言表。婚姻也许并不一定是让人头疼的事儿，当爱情与友情相辅相成的时候，我们往往可以发现，自己仿佛有了坚实的后盾。

怀孕生子：三个女儿一台戏

看似单薄的徐熙娣已经是三个孩子的妈妈。与丈夫结婚之后，她并没能够马上怀孕，在2006年，28岁的小S生下了自己的第一个女儿，她就是著名的许俏妞。面对媒体采访，许妈妈大胆地跟所有媒体表示：在怀孕这件事上，女人总是欲速则不达，减小压力有助于顺利受孕。怀孕期间，永远不忘记炒作自己的小S适时推出了自己的新书《小S怀孕日记》，与大家一同分享自己成为准妈妈之后的辛酸和快乐。成为妈妈并没有成为她麻辣个性的桎梏，她依然语不惊人死不休，依然麻辣果敢。五岁半的俏妞在大S的婚礼上扮演了花童。许俏妞诞生仅一年，小S二女儿出生，媒体连连感叹小S喜事连连。2011年9月初，小S妈妈爆出小女儿再次有孕在身。不久前有中国台湾媒体称：小S亲口承认，2012年春天即将诞生的许氏第三胎仍是女孩儿。

除了在孕期继续参加各种商业活动，这位向来说话不忌口的姑娘曾向媒体大方坦言：自己在怀孕七个月的时候依然可以与丈夫共尝云雨之欢。此言一出，举座皆惊。对此，小S脸上似乎一点也没有尴尬：“正常的夫妻生活怎么了？我又没有偷别人家的老公，谁说孕妇就不能享受正常的性生活呢？”

婆媳关系：婆婆是我的第二个妈

我们必须相信，《康熙来了》中，作为主持人的小S“疯疯癫癫”只是因为工作需要。又或者说，双子女本来就是一个能在短时间变换成另外一种性格的生物。但是小S对长辈的尊敬依然是有目共睹的。比如，在节目中，遇到嘉宾开过火玩笑的时候，小S常能板下脸说：“不行耶，我婆婆在看噢。”对待婆家的尊重可见一斑。不仅如此，即使在生活细节上，小S也向来对婆家的要求言听计从。“给婆婆面子就是给老公面子。”“我是要跟这家人过一辈子的。”这样的话从小S这种姑娘口中说出来的时候，我们并不会觉得戏谑或调侃，反而会赞许地点点头，竖起大拇指。

婆媳关系是公认的最难处理的家庭关系，没有之一。然而，却被小S理得井井有条。若要问起她的独家窍门，她一定会告诉我们：“多用心在上面就好啦，多理解老人的不容易。毕竟婆婆是我们的第二个妈妈。”

工作与家庭：1+1 > 2

没有人会认为，小 S 是标准的大美女，但这并不是问题。她16 岁出道，签约唱片公司，和姐姐组成音乐组合。后来在综艺娱乐节目中出演跑龙套的角色，扮鬼脸充当吴宗宪调侃的对象。但我们必须承认的是小 S 的绝顶聪明，她能用最快速度把吴宗宪的喜剧因素据为己有，加以女性特有的性感调侃，《康熙来了》成了她最好的练兵场。时日不长，她便以大胆的言辞，夸张的造型成为台湾娱乐圈不折不扣的综艺一姐。

就是这样一个在工作中叱咤风云、当仁不让的泼辣女，却懂得不能把自己工作中的张扬跋扈带到人妻和人母的角色中：新婚不久，媒体曾拍到夫妻周末逛书店的场景，丈夫站在书架前看书，小 S 就站在他身后抱着他的腰默默等待，非常小鸟依人。在晋升为妈妈之后，小 S 更是减少外出活动，尽可能地利用工作之余在家相夫教子。这种态度让媒体和民众都颇加赞赏，也让自己的爱情和事业均能保持长治久安。这就是小 S 的智慧所在。

陈道明：我不是一个向社会进攻的人

我理解的时尚很简单，就是简单、自然。我染不了头发，我平时穿衣，对于我来讲很少像今天这样穿西装。包括在其他采访的时候，很少看到我这样坐着，我一般喜欢休闲装。

时尚不是追的，时尚是自己认为喜欢的东西。去追时尚其实是个挺悲惨的事儿：你染头发我也染，其实你根本就不适合染发，因为你是一个半秃。这种事情还是要根据自己的条件，你首先要喜欢，比如说穿衣戴帽，你本就不适合穿这件衣服，只是看模特身上很好，搁咱们身上就是难看。我觉得时尚首先是要跟个人的形象契合：气质、文化，包括教养各方面契合的基础上你又喜欢，这样的东西再放在自己身上，才能算是完美结合。

这次给自己换了发型是因为角色需要。我的上一次长发记录还要追溯到 1999 年的《中国式离婚》。

冯小刚做春晚总导演，其实就像接了个烫手的山芋，好在他信心很足。都说春晚不好办，不过不好办才能办好。

我有空的时候也会关注一下大家对我演的戏的评价，也会跟影迷互动。很早的时候我会跟他们一起去区篮球馆打篮球，一起说说话，不过这些年不打篮球了，这种概率就很小了。

演员应该学会接受一切质疑，这是这个职业必须承受的。因为有人喜欢你，肯定就会有人不喜欢你；有人认为你这个角色演得好，也就有人认为你这个人物演得不好，这是很正常的。

我 1971 年入行，1980 年才演第一部戏，之前都是群众演员。

我不给自己选角色。一个剧本放在这儿，我看了，我觉得这个东西可以演，适合自己，我才会做这件事情。就好比说，人家给我摆了五盘菜，都是名贵的，结果我一个都不爱吃，就吃不了；再上一个，是道家常小菜，我也许会觉得这个东西我能吃，我就选它了。我的意思是，我知道自己要什么，找到适合自己的才最重要。

做演员无外乎两个选择：一个是你抛弃舞台，一个是舞台抛弃你。这个行业就是这样：一茬接一茬，一浪接一浪，更新得快。演员的命运也大多如此，其实多数人的生活也是这两种选择，看你最终想选择什么。很多人赖在台上不走，观众觉得你都不行了还在台上呆着，这就属于观众抛弃你了；你抛弃舞台，就是你觉得自己不要给观众一个不美好的收尾，你可以主动走，这需要相当大的毅力。我属于随遇而安，见好就收的那种。

现在社会把演员这个行业过分夸大了。

演员没什么特殊性。演员就是一个职业，它不同于其他职业的一点就在于更容易出名，出名了就更容易得利，这是这个职业的属性，但这不能说明这个职业有什么高贵之处。就像一个工薪阶层，他工资就是三块钱，阴天下雨他都是赚这个工资。可能做小贩的每个月平均能赚三块五，不过也有可能一天少挣一块，也可能突然有一天挣十块，我觉得这是正常职业特性而已，地位没有高低。不是说因为做了演员就高别人一等，不会。

很多人认为演员是个好的职业，说白了就是因为它名利高，至于其他的包括文化，包括教养，未必高都被忽略了。

我走过的路没有设计。我不太会设计我自己，也不给自己定过多的目标，我觉得根据自己的能力，是我的终究是我的，不是我的怎么强求也不会是我的。走到现在，我只能说，我的命比较好。我是个幸运的人，我没有经过太多的挣扎。

我不是一个向社会进攻的人。

大多数人的压力其实来源于比较。比如说，你挣三块钱，我才挣一块；你开着Q7，我才开桑塔纳；你住100平方米，我才住一室半，这么一对比很难没有压力，对，这个压力就来源于欲望。过去为什么人们的这种生活压力感没有这么强烈呢？就是可比性太少或者太小，因为那时候大家各方面的条件都差不多。

梦想和妄想只有一字之差。有些时候，压力就是自己给的。仔细想一想，什么样的生活方式都可能产生一种浪漫，什么样的生活方式，什么样的物质条件都可能产生从容，也同样会产生欲望。这种事儿每个人的要求都不一样，也没有绝对对错。我们不能说，有欲望就是错，没有欲望就是伟大。有时候我们想实现一个事情，量力而行，别把自己逼到绝路就好。

我年轻的时候也想过改造世界。因为老年人总在“修正”，我们是被“修正主义者”培养长大的，不允许这个，不允许那个，永远是在改造你，试图把年轻人变成自己。年轻人可能更多地想到改变自己的命运，改变自己的生活状态，改变自己的知识结构，改变自己所谓的物质生活和精神生活，甚至还想改变社会，想改变人类自己即所谓的促进人类的进步。

我对下一代的教育方式是自由式教育。我不想改变我女儿的什么，让她去复制上一代人的生活有什么意思。但是我告诉她，有一些事情是搁在哪个年代都不会是正确的事情。

所谓的自由不是指想干什么就干什么，自由必须在严格的游戏规则下才可以自由发挥和玩耍。我们认为自由是我们理解的自由，自由就是想干什么就干什么，想说什么就说什么。不是，自由有很大制约，它的第一制约就是说在你不妨碍社会和别人的情况下进行自由的行动。你不能影响别人，咱们不能说，因为我喜欢唱歌，我是自由的，然后半夜三点起来就唱，结果邻居都起来了，这就是破坏规则。

我希望我女儿会是个正经人。我希望她成为一个正经人，不是正派人，也不是所谓正义的人，我所说的正经人，就是正常的人。不希望她飞黄腾达，只希望她能健康、快乐就够了。

年轻人遇到事情往往容易走到不正常思维，所以做父母的才应该在孩子遇到所谓的问题的时候，把他带回到正常的思维上去。让他有正常的情绪，正常的思考方式，正常的表达方式，正常的处理问题的方式，都回归正常，不能因为消沉，或者因为激动而改变自己本身的正常。

做个好人很简单。概括下来就是：对人要友善，不要工于心计，当发现别人用心计的时候咱们可以绕着别人走，或者绕开这件事情，防止自己受到不必要的伤害。

自由是虚无的。心是自由的，可不代表我们的行为就可以自由，完全无拘束。

有时候，我们还是应该按照 16 岁时的天真态度去生活，没什么错误。

狐狸未成仙

外表萌、笑容甜的小萝莉暖小团为你无偿提供幻想对象，请兄弟们自备想象力和自控力。

这是一个绝对火星系美少女，这是一个你永远猜不出她下一句话会说什么的姑娘；这是一个永远把自己称作是“她”的姑娘；这是一个能跟我们的兔子演员深情对视的姑娘；这是一个像是复读机一样，能把同一句话叠在一起连说三遍的姑娘；这是一个把淡定解释成淡着淡着就定了的姑娘；这是一个摆造型的时候总是伸出三个指头挡住她半张狐狸脸儿，让她换个造型，她会立马变成V字手势的姑娘……这是一个叫杨幂的姑娘。

我读不懂这个谜一样的姑娘，虽然她有丰满的身材，但是她也有单薄的内心。曾经以为十六岁开始出来拍戏的她一定心思复杂，然而相对视的那一刻，才发现她原来就是一张白纸，却惹得每个人都想急急地在这张白纸上写点儿什么。

暖小团：我特别抱歉在你拍了一天的片子累得够呛之后，还要追你到餐厅采访。

杨幂:嘻嘻嘻,没事儿,采呗,也不耽误吃饭,这也是工作之一。

暖小团：套个近乎，咱俩是同龄人。我 11 月的。

杨幂：那快叫姐姐快叫姐姐!

暖小团：没门儿！开始知道你是因为我发小儿，这姑娘特喜欢看连续剧。有一天她问我：哎，你知道一个叫杨幕的姑娘吗?您好，杨幕姑娘。

杨幂：唉，甭说是杨幕了。前段儿时间有家媒体来采访我，开头儿就跟我说：杨冥小姐，您好，很高兴采访到你!

暖小团：哈哈！杨冥？这也差得太远了……你当时是不是很生气地说：不！我是杨幕!

杨幂：还有呢，有一次，路遇一个粉丝，特别兴奋地问我：你是杨幕吗？你能帮我签个名吗？我说，对不起，我不是。经纪人问我：你干吗不给她签一个？我还很不服气地说：我本来就不是杨幕嘛……人家要的是杨幕的签名!

暖小团：不过也不能都怪人家没文化，名字里带“幂”这个字儿的还真就不多。

杨幂：因为爸爸妈妈都姓杨，加上我，就是杨的三次方，在数学里，这个叫幂。

暖小团：看来，生娃前得先学好数学，不然连个名字都取得没新意……

杨幂：哈哈，这个名字其实是邻居给取的，人家说，哎呀，你们家三口人都姓杨，孩子干脆就叫杨幂吧。

暖小团：三只杨，羊羊羊，喜羊羊、美羊羊、懒羊羊……

杨幂：别唱啦，那时候还没有这个动画片儿呢！

暖小团：你说，你要是有个弟弟或妹妹会不会叫杨 four？

杨幂：切……我不是也没叫杨一吗?

暖小团：千万别有个妹妹，叫杨二！

杨幂：……你贫不贫?

暖小团：不闹了。在家爸爸妈妈是不是特别宠你?

杨幂：我生在一个特别幸福的家庭，从小，爸爸妈妈对我的要求就是生活得快乐就可以。小时候曾经摔坏过爸爸的一个贵重的瓶子，他也不骂我，还问我：没扎到手吧?别伤着自个儿就行，瓶子坏了不要紧。

暖小团：咱爸真好……

杨幂：我爸爸是双子座，妈妈是双鱼座。他们特别开明，俩人儿对我的最大希望，就是我每天都能活得幸福。

暖小团：作为一个双鱼座和双子座合成的“混血儿”，你什么星座?

杨幂：处女座，就是传说中冷静、完美主义者、有点儿小洁癖的那个星座。

暖小团：处女座会永远是处女吗?

杨幂：……那射手座怎么解释?

暖小团：你还了解星座?

杨幂：我挺喜欢研究这东西的，以前是觉得好玩儿，后来发现有些东西说得还挺有意思的，就觉得特别神秘。前段时间买了不少关于这方面的书来看，消遣呗，我专业!

暖小团：我记一下，以后暖小团的星座版面可以找你当作者。

杨幂：哈哈，可以呀可以呀！她们都叫我“小女巫”！

暖小团：你别光顾着说话不吃东西，我这儿觉得心里怪过意不去的……

杨幂：没事儿，我这儿吃聊两不耽误，你也吃你也吃呀!

暖小团：你乐意吃什么？我帮你夹!

杨幂：草!

暖小团：……咱不带骂人的。

杨幂：我说草!

暖小团：这我还是第一次听说有管蔬菜叫草的。

杨幂：（夹了一筷子油麦菜）这些东西有营养又好吃，我顿顿都少不了。

暖小团：还真没亏了您那个姓儿……杨姑娘，怪不得刚才看你跟我们的那个兔子演员配合得那么好。敢情爱吃的东西都一样……

杨幂：哈哈哈，我特别喜欢你们那个小兔子，特可爱！我总是一看它就受不了，怎么办怎么办?

暖小团：作为你的同龄人，恕我直言，你的心理年龄怕是只有几岁吧?

杨幂：我没有觉得我不成熟呀，我还经常骗经纪人和助手他们玩儿呢！

暖小团：就凭你?

杨幂：那怎么啦?因为我到外面拍戏去机场都是和公司的人分开去的，所以我总是早早到机场，逛了好几圈之后，才接到经纪人的电话问我在哪儿。我就假装迷迷糊糊地说：哎呀，我起晚了，可能来不及了，八成会误机，这可怎么办?经纪人特别疼我，还跟我说：别着急，千万别着急，你尽可能快地赶过来就好，我现在就去改签机票。我一看她当真了，就哈哈哈地跟她说，我已经在机场啦！好多次都是这样，特有意思！

暖小团:万一有一天你真起晚了,真需要帮忙我看谁还信你!

杨幂：别说，还真有过。有一回就是，我到了机场才发现忘带行李了，得回去取。我跟经纪人说，我可能赶不上那趟飞机了，帮我改签吧。经纪人跟我说，切，别闹了，赶紧说，你在哪儿呢?

我在电话这边特别委屈，我说真的，这次我真没骗你。说了半天她才相信，然后急匆匆地去改签机票了。

暖小团：你听过“狼来了”这个故事吗?

杨幂：哎呀，你别吓唬我——

暖小团：咱玩儿个真心话大冒险吧！这个游戏的规则是这样的：你说真心话，你大冒险。

杨幂：……

暖小团：外出拍戏回来会给爸妈买什么当礼物?

杨幂：我真是很想给他们买点儿什么，但是我一年中的半年时间都待在横店，那地方也没什么好吃的好玩儿的能买给他们。

暖小团：这么忙，赚得也不少吧?

杨幂：我真不知道我到底赚了多少钱，我的所有酬劳都是直接打在爸爸妈妈账上的，有他们管钱我很放心，所以也不问具体数字，反正他们每个月会给我发工资。

暖小团：发工资?

杨幂：就是零花钱。要是赶上我有朋友过生日，他们会多给我一点点，说是让我给朋友准备个小礼物什么的。

暖小团：好吧，那这么问，你每个月能领到多少工资?

杨幂：其实……跟普通白领差不多，不过够用啦！我倒是想血拼，可没时间。

暖小团：你应该是特别听话的那种孩子吧?

杨幂：算是吧。从小爸爸妈妈就告诉我，什么是可以做的，他们还会支持我做。什么是绝对不可以做的，这是底线。

暖小团：说真的，觉得自己现在红了吗?

杨幂：我觉得现在这种状态的我，还不能叫“红了”。现在的情况无非是从过去的每天上一个通告变成每天上五个通告。我觉得这情况充其量只能叫“暂时成名”。

暖小团：这是个好词儿，《宫》的热播让更多人知道了你，说实话，有没有小膨胀?

杨幂：我自己和周围的人都不会允许我膨胀。周围的人会不断地提醒我，让我更清楚地认清现状。我本身也在想：必须冷静，外界给你的，也许有一天外界也会毫不吝惜地把它拿走，那时候我怎么办? 还是要继续奋斗的呀，现在绝不可以就这么躺在家里数钞票玩儿。前进得好，是因为懂得后退。

暖小团：有人说你好，也就有人说你不好，褒贬不一是正常现象，你怎么处理这个问题?

杨幂：我很少看微博上的留言。但是某一天我真的就看了，有个人这么留言给我，说：我就喜欢黑你，只要你还演一天戏，我就黑你一天。我当时愣了一下，然后高高兴兴地给那个人回复：我要是你，我就坚持一辈子。

暖小团：这哥们儿又回复你没?

杨幂：那我倒是没看，但是他如果真的能做到一辈子都只黑我一个人，那说明他是最关注我的。

暖小团：没错儿，恨需要比爱更大的力气，况且我觉得这哥们儿压根儿不烦你。

杨幂：哈哈哈，可说呢。

暖小团：刚才我看上菜那男服务生一个劲儿瞅你，没准儿一会儿他就找你签名呢!

杨幂：特别逗，常有人不管时机地拦住我，要合影要签名。有一次我刚上完节目，卸妆弄得一脸泡沫，在洗手间的一个姑娘突然问我：哎呀，你是杨幂吗?你方便跟我合影吗?我满脸泡沫，问她：你觉得呢?

暖小团：从十六岁演戏到现在，小十年过去了，觉得自己还能尝试什么样的角色?

杨幂：嗯，之前一直都在演小花旦，一直在演特别闹特别活泼的戏。其实很想试试沉淀的戏，想诠释一个稳重的角色，现在阅历也多了，应该可以演了。

暖小团：萝莉也想变熟女?

杨幂：对呀!

暖小团：二十五岁的时候，你是演员。想过三十五岁的时候，你在演一个什么角色吗?

杨幂：应该是一个孩子的妈妈吧。不管多么浪漫的恋爱，最终都是要归于平凡，哪怕这平凡是柴米油盐酱醋茶。也许做了妈妈之后，我会彻底地女人起来，能拍大一点儿尺度的片子，那个时候更能演绎性感。

暖小团：行吧，那我们提前预订你生完宝宝之后的第一组大尺度片子。就这么定了!

杨幂：………

暖小团：访完，收工!

杨幂：等一下，白天用宝丽来拍的我和小兔子的合影给我，成吗?

暖小团：不成! 等着吧，我们用完再给你。

杨幂：那好吧，你们可一定要给我呀!

梦中女郎

现在的娱乐圈流行一种奇怪的风潮：好像所有的女明星都愿意以“哥”或者“爷”自居，女神的体态样貌加上男人的语言胸怀就成了她们的理想装备，似乎只有这样才能让自己成为一道独特的靓丽风景线。但二十七岁的周秀娜不喜欢这种方式，拍摄中，她好不扭捏地把自己的大腿给读者看，采访中，她又乐意言之凿凿地把真心话说给大伙儿听。

别样的五年

2013 年以前，对于大多数内地人而言，周秀娜，是个看着有点儿眼熟，但死活想不起脸的名字。

就像没有人会知道周星驰到底要用五年时间鼓捣出一部什么电影一样，也没人知道，这个叫周秀娜的姑娘从 2008 年出道至今的五年里到底度过了一段怎样的时光。同样，就像《西游降魔篇》的一鸣惊人一样，周秀娜这回算是为自己迎来了一个够漂亮的开年。

生于广东，十岁的时候随父母定居香港，2005 年第一次以模特身份参加动漫节就荣获亚军，2008 年正式入行。细细算来，这几年周秀娜在娱乐圈的发展也算是顺风顺水：除了模特界之外，电影、电视、唱歌、舞台戏，各个领域都能看到她的身影。这个姑娘骨子里似乎有点儿特别的东西，让她总有人群中惹人眼球的法宝，她自己却一口咬定，这个法宝是运气："必须得感谢，是我运气不错，不然也就没有今天。"说起这些，这个姑娘一脸虔诚。

周秀娜不算是个标准的星女郎，和张柏芝黄圣依或者张雨绮不一样。在这部叫作《西游降魔篇》的电影中，她并不是绝对的女主角。说起这事儿，这个姑娘毫不遗憾："周先生能选到我演戏，我就已经很惊喜了，周老师可是我的偶像！"问起她当初怎么得到的这个角色时，她的眼睛一下子亮了起来，绘声绘色地开始给我讲起了那个也许会让她刻骨铭心的时刻："当时的情况跟现在差不多，我也正在赶完一场通告在回去的路上，经纪人接了个电话，是周星驰公司打来的，说他们正在筹拍一部电影，里面有个角色很适合我，问我有没有兴趣参与。经纪人告诉我这件事儿的时候我都呆了，反复问了他两遍真的假的。"周星驰"这三个字在我心中是神一样的存在，我总觉得跟他合作的都得是大腕儿，都应该是那种跺一脚能地动山摇的人物，从来没想过自己也能有机会跟他一起工作，太刺激了。我记得我当时回到家第一时间就让经纪人给对方回电话说接下来，只要是跟周先生合作，角色和内容什么的都不重要，当时就想着赶紧答应下来，别让机会跑了。"

这么看来，周星驰给周秀娜的并不仅仅是一个单纯的角色，而是一股神奇的力量："导演不像传言的那么难搞。在片场的时候，他很愿意和我们聊天，每一个镜头他都会给我们亲自指导。我当时想的是，我必须搏命，必须演好这个角色。用这种办法来感谢周老师，感谢他给我这个角色，让他知道当时没看错人，也让所有人能看到我的另外一面。”

她非常瘦，和一群身高 180 厘米的时装模特一起站在镁光灯下的时候，170 厘米高的周秀娜并不显得单薄，大概是因为这个女人知道自己的傲人之处是什么。镜头里她纵情地笑着，并不故意搔首弄姿，和平常一样，等待我们的摄影师把她摆入镜头。我突然就明白了一个道理，也许自信本身就是一个女人的长处。

相较于对身材，周秀娜似乎对零食更感兴趣。整个拍摄过程中，所有人都能看得到的是，她在一个劲儿地把巧克力、奶茶、薯片往嘴里送，这是别的女演员做不到的。我实在忍不住了，问她：“干你这行的姑娘们十个有八个都在拼命减肥，剩下两个还要忌口。就算你瘦吧，但这么吃是不是有点儿气人？”她把嘴里的饼干咽下去，一脸无所谓：“我从来不觉得吃多了不好，也没人管着我吃。反正现在工作太累，吃多少也不胖。”多年的模特生活让她即便在现场几十个人围着穿着单薄的她时，依然能对摄影师的要求第一时间作出反应。女人常常以为，男人只喜欢妞儿群中能鹤立鸡群的那个，实际上她们错了：主角原来是一种光芒，谁身上具有，谁就是主角。

即便是如今你在搜索引擎中找她的名字，首先映入眼帘的，其实是她的各类绯闻，她与某嫩模的不和传言，或者干脆是她频繁出入夜店的大幅报道。当我毫不留情地向周秀娜问起这些的时候，这个被八卦娱乐新闻报道成一朵交际花的姑娘捂着嘴乐了：“没关系啊，我自己知道我怎么样就行。其实生活里我挺宅的，休息的时间几乎全都待在家里，有朋友约的时候就出去一起吃个饭，但很少跟他们一起去夜店疯，因为我知道，这么干第二天马上就会有报道说，周秀娜又去泡夜店彻夜狂饮。怎么说我倒是无所谓，但我实在不想给朋友添麻烦，不想让人家因为我害得自己被八卦或者玩得不尽兴。”

入行第五年的时候，娱乐圈中什么样的风风雨雨也算是看了个遍。“人言可畏”四个字足以逼死阮玲玉，但周秀娜却似乎完全不为流言所困，她甚至告诉我，这是她的承担。她最近还写了本书。“不是之前的那种性感写真集，而是自己真正分享了自己入行以来一路走过的心路历程，算是个纪念册吧。”她的语气一转，突然沉吟起来，“这本书里，我不光记载了自己这几年都做了些什么，也分享了不少我领悟到的人生道理。五年过去了，但于我而言，这不是一个结束，而是代表一段新的旅程开始了。”我不知道这个姑娘未来的道路即将通往何方，我也没那么大本事左右她前进的方向。但有个道理我还是知道的：懂得感恩的姑娘，运气不会太差。

假装很性感

网络上能找到的所有关于周秀娜的关键词不少，概括起来大约有如下这些：嫩模、性感、火辣等诸如此类。我问她怎么理解“嫩模”这个概念，她的回答颇有深意：“嫩模，就是指年轻的模特啊！我不讨厌这个定位，如果从出道以来，不管我几岁别人都愿意一直给我这个名号，那就说明我周秀娜在别人眼中还是个年纪轻轻的小姑娘，那这事儿也挺好的啊。”

如果让一个男人随便列几条性感的定义，大多数人一定会说：貌美、细腰、长腿、胸大、翘臀，这些关键词周秀娜都有，不过她自己却从不觉得自己性感。“我也不知道为什么不少人认为我性感，大概这就是外在给人的一种迷惑性。大家都觉得，一个姑娘要是长得高，长得瘦，长得胸大屁股大她就性感。实际上这都是最狭义最直观的性感，我觉得我的性感是外在的，是装出来的。真正的性感就是真实，是骨子里的一种滋味儿，好比说这次我在《西游降魔篇》里的这个角色，她就性感。但实际上，我的造型根本没什么特殊的，甚至第一眼看上去挺邋遢的，满脸黑，穿得也不迷人。但她跳舞的那段戏应该没人会觉得不性感，整个人动起来了，有一种活力和气息在里面，这样的时候，衣服装束和身材什么的都已经不重要了，重要的是让人有美的幻想。”

“性感有很多种表现形式。”她这样说，“我看过一组照片，大概是把一些世界各个地区的女人的照片放在一起，就是脸部特写，她们有的是山里来的，有的是黑种人，有的年纪不小了一脸皱纹，但每一个看到照片的人都会觉得她们美极了。实际上，要是非把女人的性感偏执地理解成什么大屁股，或者露几点就彻底狭隘了。真实、不做作就是性感，这样的性感是骨子里的，别人学不来的，岁月夺不走的，这种性感才能真正打动人心，才是天长地久的。”

作为不少男人眼中的女神，周秀娜自言，她眼中的性感女神是舒淇。“舒淇很美，她就特别性感。她的性感不是长相、不是身材、不是说话的调调儿，就是给人的一种感觉。而且我觉得，真正的性感是高贵的，不是男人夸你如何如何，而是女人也会觉得你身上有一种莫名的吸引力。张柏芝也性感，敢作敢当的那种，我喜欢她那类有勇气有担当，敢爱敢恨，同时又很坚强的女人，她们清楚自己要什么。”

我问她，想没想过自己有一天大红大紫的样子，她会心一笑：“以前从没想过，觉得这事儿跟自己没什么关系，想也没用，有那时间还不如好好干活儿，多接点儿戏。现在一点点积累的东西多了，想法也变得不一样了。不光我，好像每个人都是如此，没有，也没能力。有时候从来没有过什么美梦，有了一点点之后就开始想要更多。这是人的本性，不是变得贪心了，只不过是想让自己发掘更多的能量，想看看自己到底有没有本事试试更多。”

谈及未来，她的想法果断而清晰：“以后要是有机会的话，我倒想和冯小刚或者姜文导演合作，我总觉得他们都是很会讲故事的人，估计生活中他们也是有趣的人，身上有一种特别吸引人的力量。至于戏路，喜剧之后，我想去试点动作戏什么的，我想试试用一个打女的形象去诠释女人的性感到底能不能成。另外，我也挺喜欢锻炼的，现在有六块腹肌，给你看！”她冲我掀起了衣服，正当我直勾勾地把眼神儿盯在她身上的时候，她又唰的一下子，把衣服放了下去。“是吧？这种状态不拍打戏可惜了。女人在电影里总被诠释成被动的、软弱的形象，不过我觉得一个女孩有力量，这事儿挺酷的。”

30岁之前，周秀娜还有不少梦想，我说，你可以冲我许一个愿，我帮你祈祷，可灵了。她居然当真了，开始一五一十地告诉我，所有梦想当中，她认为最重要的一个就是通过自己努力，在香港买一套大房子，能让全家都住进去。这个姑娘把自己仅有的一套房子给了父母，让他们搬进去住，自己则在外面租了套房。“反正我现在忙，很少回家，住一起太打扰他们。接下来还是想赚钱买套大房子，真正能跟家人住在一起，那就好了。说真的，房子太贵了，这个目标还真让我挺紧张的。”听周秀娜说到这儿的时候，我差一点儿就哭了，原来在房价面前，几乎每个人都是房奴。

相比于宏伟的购房计划，周秀娜反倒不着急嫁人。“感情生活目前对我来说还不太需要，没有男朋友也可以过。我现在可能还是想把更多精力放在工作上，每天东奔西走，这种状况实在不太利于跟爱人相处，对人家男方也不太公平。不过我倒是真挺想要一个真正爱我的人，算是稳定了大后方，觉得这样的自己能更有底气、更踏实。”

她实在是个对自己要求比对爱人的要求多若干倍的姑娘。问起她对爱情有什么期待和要求，她好像很费劲儿地思考了半天，才告诉我：“我跟平常姑娘差不多，也喜欢有才华有幽默感，还有点儿成熟的男人，不过我不太想为这事儿设置太多条件，碰到了算，感情的事儿主要还是看相处和沟通，顺其自然呗。喜欢了就在一起，不爱了就分开。嗯，反正我不想给人家提太多要求，人家又不欠咱的，要求太多也等于给自己出难题，对吧？”

我点了点头，冲她竖起了大拇指。没办法，聪明又现实的女人总是可爱的。

给我一块儿巧克力

如果中规中矩算，Beyonce 更像是一个法国姑娘的名字，这个四国混血而生的女孩儿是天生的精灵。现年刚满 30 岁的她已经囊括了一个流行歌手所能够获得的所有国际大奖。当她在舞台上献唱的时候，没有人不为她疯狂，读她名字的时候，像是在完成一个亲吻的动作，我们甚至能从唇齿之间听到音符在跳动。

音乐天女

休斯敦的一所小学里，这是一堂平常的音乐课，舞蹈老师为所有孩子轻声哼唱着一首歌曲作为她们动作的伴奏，在她才刚刚起了个头儿的时候，下面响起一个稚气的声音作为给她的应和。老师才惊奇地发现，这个小女孩儿能够准确无误地唱出整首歌曲的旋律。老师于是牢牢地记住了这个肤色黝黑的女孩儿，她叫碧昂丝。

第一次登台的时候，她为台下的观众现场唱了一首 *Imagin*，这首歌的原唱是风靡全球的披头士乐队的成员 John Lennon。很快，这个天资聪颖的小姑娘被送到位于休斯敦的一所专业的音乐学校学习。在那里，她的音乐才华得到了进一步开发，她甚至被破格参加了当地的高中生艺术表演大赛。赢得万千尖叫的时候，这个叫作碧昂斯的小女孩儿才只有七岁，毫不夸张地说，这应该是我们刚刚能写好自己名字的年纪。

八岁那年，这个姑娘别具一格的嗓音以及她对音乐的独到理解引起了一个音乐人的注意，他的名字叫作 Frager，是美国西海岸首屈一指的 R&B 制作人。就是他把 Beyonce 和其他 5 个一样具有音乐潜质的姑娘都带回了他的工作室。在那里，Frager 和他的团队为这样一支女子演唱组合取名叫 Girl's Tyme，这也就是后来著名的“真命天女”组合的雏形。

随着“真命天女”组合风靡全球，碧昂丝家族也开始了一场轰轰烈烈的全家总动员。碧昂丝的爸爸为了支持女儿的演艺事业，甘愿辞掉原来的工作，成了这个组合的经纪人，碧昂丝的妈妈本就是一名专业的服装设计师，在“真命天女”组合成为一线女子演唱团体之后，这位模范母亲干脆当起了她们的专业服装设计师。有了父母的大力支持，“真命天女”在演艺事业上一路顺风顺水，这也为碧昂丝之后的个人发展奠定了坚实基础。

新世纪伊始，伴随这个叫“真命天女”的女子演唱团体红遍全球的时候。整个组合内部的意见分歧也日渐明显，于是大多数成员选择单飞，这对自小就习惯于团体合作的碧昂丝来说绝对是个打击。几乎同时发生的是，与她相恋 7 年的男朋友也选择与她分道扬镳。那段时间，她消沉，她自卑，她开始放弃自己。这个具有倔强性格的女孩儿经历了她人生中最为痛苦的一段日子，但这并没有成为摧毁她的理由，这个身材劲爆的漂亮姑娘即使在选择单飞之后，一样获得了万众瞩目。

不得不承认的是，碧昂丝实在是个运气太好的姑娘，没有什么能够阻止她成为一代巨星。太多的人愿意成为她的伯乐，愿意帮助她在通往音乐殿堂的路上披荆斩棘，也愿意为她的明天添砖加瓦，愿意为她的演艺事业出谋划策。曾经与天后玛利亚·凯莉合作过的R&B传奇歌者Luther与碧昂丝的合作让她获得了格莱美的大奖。2004年的格莱美颁奖晚会上，主持人5次念到了碧昂丝的名字，她成了晚会当天最大的赢家。整个晚上，她是全场瞩目的焦点，真正地做到了拿奖拿到手软。从此，所有关于她只会跳舞、凭借身材征服观众的说法不攻自破，再也没有人质疑这个漂亮姑娘的唱功。当时，这个星光熠熠的小姑娘才只有23岁。天才的成型当然离不开机缘，但根本理由，一定是因为她与生俱来的魅力。

对碧昂丝的音乐之路发展最大的要数素有“纽约之王”之称的Hip-Hop教父Jay-Z，这位帅哥早在碧昂丝还在“真命天女”组合时代，就被这个神奇的小姑娘的磁性声音牢牢吸引，并为碧昂丝量身定制了多首高质量单曲，事实证明，正是这些歌曲帮助碧昂丝的第一张专辑大卖。这位与她志同道合的音乐大仙，后来也成了碧昂丝最终的人生伴侣。

跨界宠儿

演若优则唱，自然也就有唱若优则演。外形姣好、魅力出众的碧昂丝，也自然不会逃过视觉敏锐的美国电影导演们的火眼金睛。在“真命天女”组合时期，她就是影视剧导演争相追逐的宠儿。她出演了翻拍电影《粉红豹》，并和Steve Martin搭档，该剧一举夺得了北美票房冠军。接下来，碧昂丝又成功接演了电影《追梦女郎》，在这部电影中，她本色出演了一位黑人女歌手，这正是碧昂丝本身所擅长的。事实上，碧昂丝也确实为这部电影付出了极大的心血和精力，她甚至宣布，在这部电影正式杀青之前，她暂时不会考虑制作第二张个人专辑。

碧昂丝的努力没有白费，有奥斯卡影帝为她配戏的电影在上映后，获得了票房口碑双丰收。《追梦女郎》获得了2006年金球奖的两项提名，而她本人更在之后，顺利拿下两座奥斯卡小金人。

事业鼎盛之时，这颗乐坛黑珍珠的感情生活也瓜熟蒂落。她凭借自己出众的外表和艺术才华征服了一直在身后默默支持她的音乐人Jay-Z。两个人的绯闻早在2003年的时候就已经开始。我们不妨认为，是Jay-Z对碧昂丝先有意，他甚至借自己之前的歌词来向姑娘示好。在碧昂丝的专辑中，二人更是几度合作，他们的作品多次问鼎音乐排行榜。

志同道合是诞生爱情的根本元素，友情演化而生的爱情往往坚不可摧。2008年4月，碧昂丝终于和心上人在纽约秘密完婚。对待事业高调的两人却从不把爱情挂在嘴边，低调是夫妻二人共同选择的态度。婚后，二人的事业愈加兴旺，作为Hip-Hop界最为成功的商人，Jay-Z除了音乐，在商业上的个人价值可见一斑。碧昂丝凭借自己事业的如日中天也获得了众多大牌厂商的青睐，成为多个国际品牌的代言人。夫妻二人的人气一路飙升，自然吸金无数。

按着鼓鼓囊囊的腰包，这对年纪不大的明星夫妇相当理智。他们并不为奢侈品一掷千金，而是选择了慈善事业。把所有专业音乐大奖都摆在自己家之后，他们没有躺在功劳簿上坐享其成，很快开始了新一轮的创作。人们注意到：在碧昂丝的新专辑中，商业成分在减少，属于自己心灵写照和个人感悟的成分在增加。这当中自然有碧昂丝的转型，但更多的是在荣誉的浮华背后，显示出这个刚刚年满三十岁女孩儿的冷静和沉着。

不久前，关于小天后碧昂丝怀孕的消息让全球的歌迷为之骚动。虽然该事件并没有得到她本人的亲口证实，但我们能从这样一个传闻中看到的是歌迷们对她的期待：人们太期待一个继承了父亲音乐细胞和母亲出众外貌的小精灵横空出世，这成为人们新一轮的期待。碧昂丝就像一块儿香滑的黑色巧克力，醇厚浓重。她天生便是巨星，她能享受到的不仅是在舞台上倾听歌迷们的欢呼呐喊，更有歌迷对她口中每一句歌词都感同身受。我们禁不住要不无嫉妒地想：上天在塑造这样一个女孩儿的时候一定是格外偏爱她，不然，怎么会惹得世界为她魂牵梦绕，回味绵长。

高调有理

现如今，无论在哪里，只要提到孙芸芸，我们都可以听到两种声音：一种声音赞叹说她简直是天之骄女，集过人的智慧与耀眼的美貌于一身；另外一种声音显得很不屑，他们说富二代有什么了不起，炫富并不是女人唯一的本事。不管如何评价，孙芸芸是个成熟且成功的女人，这件事儿毋庸置疑。

出身及成长经历：金钱帝国中的蔷薇

孙芸芸向来不吝惜面对世人展现自己的出众出身。早年间，她在接受采访时曾经这样告诉所有人："小时候，我无论去哪儿都有佣人、司机在后面跟着。在我结婚前，真的什么都不需要做。但我每天也会忙碌一整天，我忙碌的主要内容是修指甲、做SPA和逛街，买很多东西，然后就很开心地和朋友一起吃个饭就回家了。最早接触名牌大约是在10岁出头吧，爸爸会给我买菲拉格慕的皮鞋，因为他告诉我说，它对脚好，于是就买给我和姐姐穿，一买就是二十几双。”

这种高调言论即使如今看起来依然让人瞠目结舌，但必须说的是，孙芸芸所言并非自夸。她的祖父是有“中国电缆之父”之称的孙发民，父亲孙道存是我国台湾知名富商，母亲何念慈是证券公司副董事长。生于这样的家庭，孙芸芸自小便集万千宠爱于一身：8 岁的时候，她拥有了人生中的第一颗钻石；12 岁的时候，她得到了自己的第一个 CHANEL 手包；一年之后，她便开始阅读时尚类刊物，来培养自己的时尚感知能力。富足的家庭不仅仅能最大能力地满足她在物质上的一切需求，给予她近乎完美的生活，更培养了她对时尚和奢侈品独特的品位和鉴定能力。正基于此，她很快便有了“台湾第一名媛”的称号。但她并非一个只知物欲享受的女人，她喜欢自己开车的感觉，婚后她向所有人表现了对自己新生活的满足，仅仅是因为爱情自己学会了煮饭，学会了整理房间，照顾一对女儿，这些都能做得井井有条，不需要依靠任何人。

阔绰的家境是天赐的，它永远无法由人主观意识来改变。上天显然太过眷顾这个快乐的天使，让这个女孩儿一出生就成为众人瞩目的对象，这固然让她幸福无比，平庸如常人的日子显然不属于她；然而，这样的际遇也难免让她陷入小小的麻烦，她的一举一动、一颦一笑，这类常人做起来平淡无奇的事儿，出现在她身上却很容易使她成为众矢之的。可是，所有的不悦在孙芸芸看来都实在不起眼得很，这个姑娘就像是一朵完全不受约束的蔷薇，无论外界对她的评价如何，她都沐浴在让自己心醉的沃土中，努力地盛开。

事业及主要成就：不如自己做名牌

在长年累月的时尚类刊物的熏陶中，在身边积攒了越来越多的奢侈品牌后，这位生活在顶尖环境中的大小姐没有继续迷醉在横流的物欲中。2004年，当时只有26岁的孙芸芸开始成立自己的珠宝品牌Tiara Group，两年之后，她成立了独立的饰品品牌，并用自己的名字为该品牌命名Star by Yun。于是，这位董事长的千金摇身一变，自己成了董事长。

Star by Yun虽然是孙芸芸的主打品牌，但价格并非高得惊人。大部分饰品的价格都在400元人民币上下，这种亲民的价格充分表现了孙芸芸对年龄在25岁左右的女性的了解：这个年龄的女性正忙于事业与家庭的筑造阶段，对美和爱有充分的购买力，更多变的造型比高价格更能获得她们的垂青。因此，Star by Yun中价格超过一万新台币的货品并不占很大比例。

孙芸芸在自己的品牌中尽情实现着自己对生活和对美的品鉴。比如，她会在设计中加入熠熠闪光的成分，她把这种设计想象成星际浩瀚的夜空，不断闪耀的光芒正是人们心中不灭的期待和美梦。更多的设计中加入了小鹿、蝴蝶、彩虹这类充满清纯情趣的元素。产品一经上市，便以亲民的外形和价格广受大众好评。

当然，这些产品不仅仅是一些只为单纯迎合市场口味的毫无生命的商品，我们更愿意相信：它们都是孙芸芸用一颗真心去精心打磨的珍宝，一件件小物品都充满了童趣和天真，这也许正是她心中永存的女孩儿梦，即使看惯世事变迁，但一颗快乐和勇敢的童心一直存于心中，这让她年轻，让她一直奔跑在通往幸福的康庄大道上。

恋爱与家庭：王子与公主从此过上了幸福的生活

和太多出身豪门的名媛不同的是，孙芸芸的恋爱经历简单得好像白纸。她 13 岁那年，在一个圣诞聚会上认识了廖镇汉，两年之后，两个还在青春期的孩子开始恋爱。一帆风顺的恋爱之后，21 岁的孙芸芸与当时已是微风广场常务董事的廖镇汉喜结连理，一年之后，孙芸芸为丈夫诞下了第一个女儿，如今的她已经成为两个孩子的母亲。

正如所有人看到的那样，婚后很快升级为母亲的孙芸芸，把丈夫和一双女儿视为自己生活的核心。和众多豪门儿媳的低调和谨慎不同，一向大胆高调的她并不吝惜向所有人展现自己的幸福，她依旧每天出入尊贵场所，依旧喜欢花大把钱购买时尚奢侈品牌来打理自己的生活。如今，她的大女儿已经 12 岁，身为人母的孙芸芸准备把自己对时尚的感触和对奢侈品独到的见解手把手地教给女儿，女儿 Trinity 确实没有辜负母亲的期待，这个继承了太多尊贵基因的小女孩儿在生日的时候得到了祖母和父母送给自己的经典款 Trinity 作为生日贺礼。身为母亲的孙芸芸甚至为自己的一对女儿准备了两个盒子，分别用来装名贵珠宝和普通饰品，目的就是教育女儿能够分清物品的价值。

我们必须承认，孙芸芸是太过幸运的那个，无数的风调雨顺理所应当地降临在她身上，她当然是集万千宠爱于一身的宠儿。但我们能给予她的一定不仅仅是羡慕嫉妒恨，身为女人，我们不妨这样想，她的幸运并非全都是拜老天恩赐，她生来就有耀目的家境不假，但永不言败的性格让她更接近幸福，让她永远不会停止对于更美好生活的幻想。家庭、事业和儿女都是她的坚实后盾，别人看起来像是累赘的经历，在她看来都像是坚实的后盾，孙芸芸巧妙地把三者的关系处理得天衣无缝，有了这些，她必然成功。当她昂起骄傲的下颚，对所有不解淡然一笑的时候，我们不禁要对她伸出拇指，赞叹道：这样的女人，高调有理。

活在当下

我坐在影棚的椅子上听 Lady Gaga 的时候，吴秀波让我给他放一首“王菲”。我慨然应允，我把这理解成年龄没过三和年过不惑人的代沟。然而当最后一组镜头完结，我精疲力尽的时候，这个 43 岁的男人似乎依然活力无限地哼着刚才的旋律。就是这样一个瞬间，年龄对我来说仿佛突然不再那么重要。

吴秀波实在是一个有故事的男人，他是人生故事的记录者，也是整个故事的陈述者，一笔一画地记录给自己看，再把它陈述给所有人；这个男人也是个真正值得崇拜的偶像，他几乎尝试过一个男人在人生中想要尝试的每一个角色，并且都做得井井有条；或许他不仅仅是个艺人，他更像是哲学家或者预言家，你在对话他的第一时间很可能听不懂他的话，然而当你用上一些时间细细揣摩或者用整个人生来验证的时候，你会发现他靠脚踏实地走出来的每一步，全部不虚此行。他总结出来关于人生智慧的金口玉言，全部应验。

演员是一种修行

暖小团：您是个状态不输 20 岁小伙子的老男人。

吴秀波：我就是这样一个人，我知道怎么才能调节自己的情绪，我知道什么时候安排自己选择一种最合理的状态，这算是一种自我调节。我有责任让自己高兴，你们也希望看到我高兴。

暖小团：片场听到你一直在唱歌，平时喜欢听谁的歌?

吴秀波：我现在特别信仰两个词：都好，一样。对待歌曲的态度也是一样，我知道这肯定不是你想要的答案，但是实际上就是这样的。不同的时候我会听不同的歌，没有哪个是最喜爱的。只看是在什么状态下听，在心情特别好的时候，这种歌曲是对的；在心情有点儿悲伤的时候，这种歌曲又不应景。所以我说“都好”“一样”，这不是中庸之道，而是一种能让音乐更好地为自己情绪服务的方式。

暖小团：当年你也做过音乐创作人，也做过歌手，你的创作灵感更多的是来自于生活的积淀还是瞬间的灵感?

吴秀波：其实更多的是看这一瞬间，什么是自己想说的。所谓的写歌，其实都是写故事。我其实是想通过这样一个方式来记录自己的生活。换句话说，我写歌的目的其实是自私的，我只为了讨好自己，记录自己，仅此而已。我不知道别人写歌都是一种什么样的状态，总之在我这儿看，写歌和写日记一样，都是对生活点滴的记录，记录情绪或者记录感悟。就像写诗，它更精练、更独到，我喜欢。

暖小团：从事了这么多的行业：音乐人、歌手、商界精英，为什么选择做了演员?

吴秀波：其实说起来还是缘分。之前做过的每一项工作都是缘分，人能来到这个世间也都是缘分。在不同的年纪做了不同的职业，其实我要感谢上天，它能把这么多神奇的缘分赐给我，我能做的事儿其实只有踏踏实实地做好自己，走好每一步。

暖小团：准备把演员作为自己最终的职业吗?

吴秀波：我当然希望是这样，不过这和人生中的很多事情一样，自己没有足够的能力全部主宰，也要看缘分。演员是个充满机遇和挑战的行业，它更像是一种修行，我喜欢它。

暖小团：2002 年，你接拍了第一部戏，当时你已年过而立。当时为什么决定在这么一个年龄依然要做影坛的新人?

吴秀波：其实当时是背水一战。之前一直兜兜转转，在尝试做更多的自己感兴趣的职业,或者更多的时间像是在玩儿。34 岁的时候，我要当父亲了，我在想，我得为这个小婴儿做点儿什么，我不能再这么混下去了，我自己的生活怎样颠沛流离我都不怕，这是一个男人起码要经历的历练和苦难，但是我不能让我的儿子从一出生就面对太多的坎坷，我需要为他、为他妈妈做点儿什么。

行走是方向

一个内心充满了强大信念的人可以无坚不摧，所有的桎梏在他看来都算不得前进路上的荆棘。他始终都对未知的明天充满必胜的信念，他的嘴角始终都挂着一丝轻松的笑，你被他震撼到的不是他低沉的男中音，而是他对待人生不急不缓的淡定和从容。

暖小团：当年凭借一部《黎明之前》，您囊括了几乎当年国内电视剧的全部奖项，直到今天都片约满满。如果现在还有人说《黎明之前》是你的代表作，你会介意这种说法吗?

吴秀波：（笑）我不介意，我为什么要介意？因为那样一部戏确实带给我了许多，我非常庆幸能接到这么一部戏。但是我也要求自己，要一直进步。行走是方向。我们不可能就这样停留在哪一点上按兵不动，我们一直都在前进。虽然没有人知道我们终将停留在哪一点上，但是我们都知道，行走是不争的事实。

暖小团：成名之后觉得跟之前最大的不同是什么？心理状态上有什么变化吗?

吴秀波：就像我脖子上的这个牌子，它上面只有四个字“信、持、放下”，这就是我全部的信念。相信自己，相信所有的人，也相信明天。倘若对所有事情半信半疑，那根本没有快乐可言。把自己所有的梦坚持下去，把自己所有的信念贯彻到底。对待荣辱选择放下，因为只有舍得放下才舍得重新开始。也许这么说起来会有点儿晦涩，我不要求理解。但是我相信，这就是我这么多年来，始终坚持的真我。

暖小团：有人形容你是“大器晚成”，你觉得呢?

吴秀波：年龄实际上无非是一个附属，如果你觉得自己已经老到没有力气去做任何事，或者已经没有足够的时间去实现自己的人生梦想的时候，那你就是老了。如果你觉得做每一件事情都刚刚好，那么你就一直在路上，所有的事情都在等待着你。

暖小团：想用一个什么标签来定义现在的吴秀波?

吴秀波：我希望你能帮我记录一个词，叫：戏子。

暖小团：“戏子”在过去包括现在的某些时候可不是一个褒义词。

吴秀波：我就是这样定义自己的。我不需要任何人理解，我不需要别人怎么定义这个词，因为我想用这个词来形容我。我希望自己能做好一个戏子，我希望自己能在做戏子的时候感染更多人。我想把这个词理解得简单一点儿，它就是形容我的职业，就是形容我在戏里的一个状态。我的喜怒哀乐不入于胸次，都融于戏。

责任感让我长大

暖小团：都说戏如人生，做演员这些年来，你从戏里得到的最大的智慧是什么?

吴秀波：是看见。不是看见哪个具体的事物，而是可以泛化成只要还能看见的东西都是美的。无论是善恶，无论是黑白，其实能看到、能分辨出它们真实的样子，就是恩赐。在过程中不要索要太多，真正放宽心，反而才能获得更多。

暖小团：您似乎对家庭保护得非常好，很少听您讲到您的家庭。

吴秀波：我就是这样一个人，把家庭和工作分得比较清楚。我需要承担的东西都是我来承担，我义无反顾，但是如果为了它失去了我家人的自由和快乐，那我会不高兴。我有一个幸福的家庭，它是我的后盾，平凡而快乐，这就是我的全部追求。

暖小团：怎么做一个好丈夫，好父亲?

吴秀波：心怀大爱。

暖小团：30 岁和 40 岁相比，你觉得自己最大的变化是什么?

吴秀波：更快乐。因为明白了更多的使命和信仰，所以会觉得自己更有力量。男人需要责任感才能长大，在这种长大的过程中我会不断意识到自己的强大，蜕变和历练也可以很快乐，因为我知道，路总是越走越宽的。

这是一个矛盾结合体。他是让人费解的，如果你不懂他，那么他完全可能是个深不可测的人。他又是个简单到极致的人，脖子上戴的那条为他量身定制的写着“信、持、放下”的牌子记载着他全部的信仰。这个男人可以在一瞬间像一个充满沧桑的耄耋老者，也可以刹那间变成一个活泼的青葱少年。

你当然可以说他不是一个好老师，因为他只会用自己能读懂的标准来教你认识这个世界。而你想读懂这些的办法也很简单，那就是读懂他。

男人总是无声地这样一路孤独地走着，去往他不知道是什么模样的明天。放眼望去似乎没有同路人，又似乎皆是路人。你可以不懂他，你可以认为他太像一个循循善诱的哲学家。因为未知，所以才充满期待。带上他的责任，带上他的信仰和力量，一路风尘仆仆，在某一站停下来喝上一杯茶，饿的时候有面容平和的女人为他煲汤。稚子发问的时候，轻轻抚摸孩子的头，告诉那双天真的眼睛：其实每个人都是人生的旅人，渺小又匆匆，唯一的幸福就是带上爱和期待始终走在路上。背影里你我望不见他日渐佝偻，却只见拉长的影子日渐高大。也许旁人眼中喧嚣的人生也可以这样一路走得平静。

半熟女郎

你第一次看到这个女孩儿的脸，也许是在大学女友新买的少女杂志封面上；也许是微博上无意看到无数人转发的美女图；也许是在每周六英超直播中间插播的某饮料的广告里。总之，你一定在什么地方见过这个漂亮姑娘。但你也许没记住她的名字，不过你没准会在别人问你想找啥样的女朋友的时候说过这样的话："我？能找个《失恋 33 天》里李可那样的妞儿就挺好。"现在，你的妞儿，来了，她叫张子萱。

（一）

暖小团：来了？

张子萱：来了！你好，我是张子萱。

暖小团：原来你说话不嗲啊？

张子萱：谁跟你说我嗲来着？

暖小团：你不是应该管我叫蜀黍（叔叔的谐音）吗？

张子萱：啊？

暖小团：我记得在《小爸爸》里，姗姗不就管她男朋友叫蜀黍吗？

张子萱：那不是剧情需要嘛。

暖小团：生活里你不这么叫你男朋友？

张子萱：从来不啊，你看哪个北京妞儿管男朋友叫蜀黍来着？

暖小团：听口音一直以为你是我们台湾的姑娘。

张子萱：哈哈哈哈哈哈，好多人都这么以为，估计是觉得我这种长相的女的就应该配上一副港台腔吧？

暖小团：你自己觉得呢？

张子萱：我平常说话挺少的啊，当然也不嗲。长什么样，或者别人给你个什么定位咱都没法改变，我自己还是觉得我性格挺独立的，算是个标准的北京女孩儿。

暖小团：怎么个独立法？

张子萱：我之前就是个普通的小模特，每天做的事儿基本上就是起床、化妆、拍照、回家，周末的时候逛个街什么的，给自己买点儿东西，约几个朋友一起吃饭、看电影就觉得挺知足了。这就是我全部的生活。

暖小团：大多数北服的姑娘都是这么过的吧？一个个上大学的时候就开始接活动、接演出、接拍摄，把自己忙活得跟个小明星似的。

张子萱：我还真不是北服的，我学的专业也跟表演啊，模特啊，一点儿关系都没有。我最早其实就是成绩一般，平时闲着没什么事儿，跟其他高中女生一样，喜欢写点什么。有时候自己在网站发个帖子啊，写点自己的爱情故事啊什么的，当时还有不少人追着看。

暖小团：啥网站?

张子萱：你说啥?

暖小团：……啊，我说后来因为啥入这一行了呢?

张子萱：大概 2003 年吧，有一个朋友说，她认识个编辑，需要个模特，问我要不要去，我当时正好没什么事儿，一想，要是能行的话正好还能赚点钱，就跟着去了。面试下来还挺紧张，人家也没跟我说到底用不用就让我走了。过几天，我就接到个电话，说我是《瑞丽》的编辑，你是张子萱吧，来拍片子吧。

暖小团：你也不怕是大灰狼来骗你的。

张子萱：嘘，现在想想有点后怕。不过那时候一是没那些个坏人，二是我也没那些个心眼儿，不过我命好。

暖小团：能拍片子了，啥感受?

张子萱：感受倒是没啥特别的，自食其力呗。只不过是平时生活费能多出来不少，跟其他同学比，手头算宽裕点儿的。

暖小团：所以白富美这词儿是从你身上来的对吧?

张子萱：这个真不是。可能之前演的李可和姗姗都属于家里有钱的富二代那种，所以不少人都以为我也应该是有钱人家的小孩儿，实际上真不是，我不是富二代。

暖小团：其实你是官二代是吧?

张子萱：可不敢瞎说。其实我就是个平常人家的孩子，挺小的时候，爸妈就离异了，我跟我爸这边，他平时上班忙，也没什么时间管我。就把我送到爷爷奶奶家，我基本上是老人那边带大的。上大学以后，也成年了，家里就更不怎么管我这边的事儿，我也不想再给家里带来什么经济负担，正好有这么个机会，自己开始能赚钱了，也挺好。

暖小团：艾玛，再说我就哭了。

张子萱：回头想想，其实我真是心挺大的。

暖小团：你心大吗?过来让哥看看。

张子萱：……去!

（二）

暖小团：没想到你今天就这么来了。

张子萱：要不然呢?你还想让我给你带点儿啥?

暖小团：我是说你们这种当红演员出门啥的不都应该带个保镖啥的嘛?

张子萱：保镖啥啊？带张银行卡比啥都强。

暖小团：我一开始还想你带保镖的话，我应该给你约个单间啥的，要不然我太不安全。

张子萱：你还怕不安全？

暖小团：后来我一想，算了。要是单独把咱俩扔进一个单间，我怕你不安全。

张子萱：切！

暖小团：现在看来，你还挺低调。

张子萱：倒不是低调。反正现在也没人认识我，我带俩保镖不是给自己惹事儿呢嘛！

暖小团：不能够啊，我就认识你。

张子萱：你不是我蜀黍吗？

暖小团：哎呀我去，有你这句话，值了！

张子萱：不过我真是觉得现在这样挺好的。现在这时候，也有戏接，钱也够花，也不用每天担心有记者24小时跟着爆料啥的，自由自在的。

暖小团：嗯哼哼哼哼，小妹妹，你怎么就知道我不是狗仔队的大灰狼呢？

张子萱：得了吧，就凭你？

暖小团：切，我怎么了？

张子萱：我可是见识过文章平时一下飞机被狗仔队追着拍照那阵势。他平时出门都得戴个鸭舌帽，还得压得特低的那种，再戴个能盖上半张脸的那种大墨镜，出门夹在俩经纪人中间，急匆匆地赶紧走。

暖小团：那没办法，他识别度太高了。

张子萱：他多红啊，现在东西南北男女老少都认识他。记得以前他跟我说过，他家24小时都有娱乐记者在楼下盯梢，就等着爆新闻。我当时就想，这样的阵势甭说平时逛街了，估计连跟朋友出去聚个会都没戏，好容易有个应酬，第二天八卦新闻就咔嚓给他登个头条，说文章逛夜店什么的。

暖小团：别身在福中不知福了，有多少个姑娘做梦都想让自己能有这么多娱乐记者追着、哭着、喊着求爆料，这是红了的标志啊。

张子萱：得了，我是水瓶座，最不乐意有人管着，听他们一说那种状况我都觉得吓人。不过好在我脸的识别度不高。

暖小团：现在走到大街上就没人认出来你是谁？

张子萱：基本上没有，有一次去给朋友过生日，在电梯里碰见个姑娘，看了我半天，然后突然跟我说，哎，你不是那个谁吗？你能给我签个名吗？

暖小团：这马赛克打的，这就算认出来你了？

张子萱：还有乐事儿呢，刚才跟你见面之前，我去美甲店，那个做指甲的小妹边低头美甲，边跟我说：你长得挺像《小爸爸》

里的那个姗姗的。我说是吗？别的朋友也这么说过。然后人家那姑娘就头也没抬地接着说，不过一听你的声音就不是她，人家那个姗姗说话比你嗲多了，男的一听骨头都酥了。

暖小团：哈哈哈哈哈哈，小妹儿还挺懂生活。

张子萱：哈哈哈，所以我说啊，在北京，走到大街上，满地都是长成我这样的姑娘，要是有狗仔队24小时跟着，估计早累死了。

暖小团：来，哥乐意帮你个忙。你告诉我你家在哪儿，我今晚就去你家楼下站岗。

张子萱：呸！

（三）

暖小团：来吧，问个俗问题：你以后想干啥？

张子萱：不知道啊，还没想好。

暖小团：我问别的艺人人家都能说出来一大套豪言壮语呢。

张子萱：以后的事儿还是交给以后吧，走一步算一步呗。我当模特那天也没想过自己能有一天走到今天这步。

暖小团：当时从来没想过以后做演员？

张子萱：我演的第一部戏其实就是两年前的《失恋33天》。因为之前正好在某个活动上认识了滕华涛导演，当时就是朋友介绍，相互打了个招呼，留了个联系方式。后来没过多久，我就接到了滕导的电话，说他有个戏正在筹备中，说里面有个叫李可的角色挺适合我的，问我有没有兴趣演。我说以前没演过戏啊，可以试试看。

暖小团：第一次啥感觉?

张子萱：当时觉得拍戏挺好玩儿的，有更多主动权了。以前做模特都是按照别人的要求穿衣服、摆姿势，甚至笑容都是统一要求过的。电影里的角色更有灵动性，可以加进去更多个人情绪，觉得挺有意思的。

暖小团：那电影里我印象最深的就是你突然冒出来的那句河南话。

张子萱：哈哈哈哈哈，他们当时为了突出李可这个人物形象，故意加了个河南姑娘一嘴发嗲普通话的哏，当时觉得我这种外形加上发嗲普通话还挺像的，最后因为我怎么都说不明白那句河南话，滕导只能特意找了个配音演员帮我配了个音。

暖小团：说实话，从李可到后来《时尚女编辑》的伊娜，再到最近这个《小爸爸》里的姗姗，你的角色总是有点儿像。

张子萱：可能是因为我本来也没什么演技吧，半路出家，也没去电影学院进修过，更多的时候只能本色演出。因为我平时也跟剧中那些角色差不多，年纪也相仿，本身也是喜欢逛街买东西，吃零食爱美甲什么的那种女孩儿，所以演起来也不费力气。

暖小团：还挺谦虚啊，我的 2011 年度百花奖最佳新人提名获得者。

张子萱：这个……演戏我真是没太多信心，目前还在摸索和暗自学习的阶段。有时候看别人在那儿演戏，就是没我的戏我也乐意在旁边多看一会儿，偷偷跟着学两招。不然怎么办？既然想做这行，就得做得像个样子。

暖小团：姑娘，我发现你有点儿自卑。

张子萱：要是做模特，我肯定不自卑。都做了十多年了，熟悉了，也就游刃有余了。演员这一行其实挺难的，我又刚入行，既然有这个机会去做，真就得下点工夫好好珍惜。

暖小团：你不说你运气好吗？

张子萱：总不能光凭运气活着吧？我算是命好的，都说做模特的是吃青春饭的，我做模特的时候有个当演员的机会就算是不错的了。我总觉得，就算是运气好，总是挥霍，多强大的运势都是个浪费。

暖小团：就没想过演若优则唱啥的？

张子萱：得了吧，别挤对我。我哪有那个本事。你知道吗？早些年拍杂志封面的时候，路过报刊亭我都不敢抬头看，后来拍戏，等到电影上映的时候我也总是不敢看自己演的那段，再让我去唱歌不是要把我逼疯了吗？

暖小团：来吧，最后一个问题，这个问题我是替我一个哥们儿问的，他是你的忠实影迷，你就是他心中的女神，他的幸福之光。所以下面这个问题你务必如实回答，撒谎的是小狗，而且是一年没有骨头吃的那种小狗。

张子萱：啊？这么严重，啥问题？

暖小团：你现在有男朋友没？

张子萱：有啊。

暖小团：……

张子萱：以前网上他们八卦出来我之前的那些事都是真的，我跟我男朋友算半个同行，他是个编剧，没什么名气，人也不是太帅，但对我挺好的。我做模特的时候就跟他在一起，已经有好几年了。

暖小团：……

张子萱：……你怎么了？怎么不说话？

暖小团：没事儿，就是心碎了……

张子萱：啊？

暖小团：……

张子萱：……你不说提问的是你哥们儿吗？

女人的滋味

她身形完美，天使面庞，但美人儿总是有点儿高不可攀。没有男人会觉得自己能恰到好处地降服这样一个尤物。姜宏波是典型的东北女人，高挑身材，漂亮脸蛋，皮肤干净，成熟干练，办事情雷厉风行。她似乎看不见面前聚焦的镜头，从容又自然。

“我生活里就是这样。”

“其实照片也在记录故事。我就把最真实的一面给你们看，这样多好，我们都不累，生活也该这样。”她说。

“我是曾经的女排 5 号”

在进入电影学院正式成为一名演员之前，来自鹤城齐齐哈尔的姑娘姜宏波曾是一名专业的女排运动员。若干年过去，她依然保持着一个运动员的干练。“运动让人更年轻，外形心理都是。”说起这些，姜宏波一脸自豪，“当年中国女排五连冠给了我很大激励，觉得做运动员就是自己毕生的追求。后来真做了这一行才知道，运动员的辛苦是常人难以想象的。不过这行业也最公平：付出就一定有回报。这对我来说是个收获，让我在自己还年轻的时候就练就了一股韧劲儿，一生都受用。”

“现在有时候我一觉醒来，还会觉得自己在训练场上。不安的血液就这么一直涌动在我的身体里，让我不断地去闯、去征服。我很感谢过去的这段经历，我也很享受今天这样的生活。对女人而言，开辟新生活和幸福稳定地过日子听上去有点儿拧巴，但并不矛盾。”说起这些，姜宏波的目光很坚定。

“姜文是个天才”

更多人记住姜宏波，还是因为2000年姜文导演的那部《鬼子来了》，她演姜文媳妇。如今回忆起来，姜宏波坦言：姜文导演是在演戏上带给她最多影响的人。“必须承认，姜文是个电影天才。他能用自己的眼光去捕捉每个人、每个镜头、每个细节，也能把角色和扮演者完美结合，这样就完全不会有‘演’的痕迹。开始分派角色的时候，大家还都觉得很神秘，全是未知的。可是当每个人进入角色之后就会发现，其实这个角色就是自己。无论是不是专业演员，每个人演自己总是最擅长的，这样的角色很难演不好，这样的戏，想不出彩都难。”

“姜文也是一位个人风格明显的导演。后来咱们看《太阳照常升起》，看《让子弹飞》，其实都能看到明显的姜文痕迹。这就是评价一个好导演的根本：每个经他手的本子，都会留下他的烙印。能给自己找到最合适的一个剧本，能把自己身上的长处无限放大，这就是一个导演的本事，没有功夫是学不来的。”

“别太紧地握住枪，不然很难命中红心”

在演艺圈若干年摸爬滚打下来，姜宏波始终处在一个不温不火的位置上。在电影电视剧中，跟她合作的都是知名导演和一线影帝：和刘德华合作的《见龙卸甲》，与徐峥合作的《爱情呼叫转移》，跟黎明合作的《大城小事》，都是让人过目不忘的经典影片。在《别了，温哥华》和《钢铁年代》等电视剧中，也能看到她的身影。可以这么说，姜宏波有更红的资本，只是她不喜欢。

“做演员的，每个人都曾或多或少地幻想过自己大红大紫的那一天。可是如果说，红起来就代表着需要自己付出更多快乐作代价，或者说是让自己变得言不由衷，那其实挺悲哀的。”说到这里的时候，姜宏波轻轻叹了口气，“我见过有人为了红不择手段，可我做不来。我总是觉得目的性太强，或者说是为了实现这么个目的去委屈自己挺可怕的。欲速则不达，咱们每个人都是。就像咱们小时候玩儿的那种标枪游戏一样，你越是用力握着手里的枪，越难命中红心。”

“女人最大的财富是家庭”

姜宏波很爱笑。“笑多好啊！”她挑了下眉头，“很多人都认为，难过了应该大哭一场，但很少有人能做到开心的时候开怀大笑。这就是对自己的怠慢。有人说爱笑的女人运气不会太差，这有点儿迷信，但我总是觉得，女人的笑容都是美的。”

没错，美貌是天赐的，但姜宏波告诉我，年华和经历会让一个女人更有故事。“岁月一点儿不可怕。因为我相信，女孩儿和女人都是美的。”她这样告诉我，“女孩儿的美就像是啤酒，充满激情。年轻就是感染力，跟她们在一起的人都会更容易变得年轻快乐。女人呢？女人就像红酒，她们的味道甘醇，气息温和，你很难说她们中的哪一种是更好更美的，那不一样。”说到幸福，她又笑起来了，“家就是女人最大的幸福啊，这也是女人努力经营一生得来的最大的财富。真的融入到爱里的时候，每一天都会过得充满期待。”

淡定、自然、真实，这是姜宏波的滋味，也是女人的滋味。

第一次纯爱

春天实在是太适合和幸福拥吻的季节。还能想起第一次的恋爱吗？那些曾经惹我们笑过痛过的记忆，如今回忆起来，其实都在为我们今天的幸福加分。

AngelaBaby：天使小姐梦幻爱

暖小团：漫步在青葱校园里，难免回忆多多，来，跟大家一起分享你第一次恋爱的美好故事吧。

AngelaBaby：哈，这个还真说到我的心坎儿里去了。我的初恋是一次标准的校园恋情。当时年纪还很小，我发现自己懵懵懂懂地开始暗恋一个男生。但是一直都不敢表白，只能偷偷地关注他的消息，或者站得远远的，看他打篮球，偶尔发呆想他会嘴角泛起傻笑，不过自己觉得心满意足。直到有一天，我站在操场上远远地注视他，结果出乎意料地，他突然走过来问我：你叫什么名字？

暖小团：嘻嘻，我猜你当时一定很高兴。因为你现在说起这个话题的时候你面颊上都有幸福的小光晕呢！

AngelaBaby：是呀，当时觉得超级幸福！因为完全出乎意料嘛，算是个惊喜。那是我活到 12 岁最激动的一次，当时觉得自己是天底下最快乐的女孩。

暖小团：快给我们讲讲和心爱的人在一起有什么特别浪漫的经历吧？

AngelaBaby：其实回忆下来也没什么特别浪漫的经历，当时真是年纪太小了。跟初恋男朋友除了平时会多待在一起说说话，约会的时候也只是一起逛过两次街而已。而且没过多久，他就去日本读书了。

暖小团：用一个词形容你的初恋，你会选择哪个词？

AngelaBaby：嗯，应该是懵懂吧。

暖小团：假如今天问起你，初恋里还有什么遗憾，会是什么呢？

AngelaBaby:初恋怎么会有遗憾呢？因为是第一次恋爱嘛，完全是全情地投入，没有一点儿保留。所以每一种感觉对我来说都绝对是新鲜的。我的初恋男朋友就是我理想中白马王子的样子。跟所有女孩儿的经历都差不多，我也会偷偷喜欢一个男孩，然后有一天他突然来跟我说话，才知道我们其实是两情相悦，顺理成章地确定恋爱关系。如果一定要有遗憾的话，可能就是他去日本，这段爱情不了了之了吧。

暖小团：说不定他现在还会在某一个城市里生活得很好，或者正在默默地关注你呢。不如说一句话给当时的那个他吧。

AngelaBaby：嗯，不知道你还会不会记得我。但是真心希望你一切都好，过快乐的日子。能够有一段好的感情，生活甜蜜。

暖小团：替一部分女生问你一个问题，你怎么看待分手后还是朋友这件事儿，你可以做到吗?

AngelaBaby:这个要分人吧。每段感情的感觉都是不一样的，而且两个人的性格，习惯也都不同。所以结果肯定也不能相提并论，不过我本身更喜欢一切都往好的方向看，这样对两个人都好。

暖小团：为爱情哭过吗?

AngelaBaby: 当然有啦，感动的泪或者心酸的泪都有过。我想女孩子都为爱情哭过吧。

暖小团:现在的你会选择一个什么样的男生作为终身伴侣呢?

AngelaBaby:我还是需要爱浪漫的人。而且他要会疼女生，每个女孩儿都需要贴心温暖的感觉，当然也要长得帅，哈哈。其实我想要每天都能见到对方，两个人相处默契之后，只要一个眼神就可以明白对方心里在想什么。

暖小团：幻想过自己做新娘的一天会是什么情形吗?

AngelaBaby: 那一定是很美好的一天吧。我想会非常浪漫。每个女孩子可能都从小就开始幻想自己结婚的那一天：穿美丽的婚纱，跟心爱的男人在大教堂里表白，激动地喊出“我愿意”。我也时常会陷入这种幻想，蛮期待的。对了，我结婚的时候会告诉大家，想让你们都来分享我的幸福！

暖小团：有什么获得幸福的秘籍吗？

AngelaBaby: 秘笈其实很简单：用你的心去感受另一颗心，知他所想。还要学会分享，能够分享另一半的快乐、悲伤，两个人的心自然就会靠得很近。

暖小团：未来会把自己经历过的初恋故事讲给自己的孩子听吗？

AngelaBaby: 当然会。因为以后他（她）也会面对一样的爱情，我也希望他（她）幸福地爱，爱一辈子。

(AngelaBaby 与黄晓明已于 2015 年 5 月 27 日结婚。)

赵又廷 《型男型爱》

暖小团：跟 AngelaBaby 一样有过校园恋情吗？

赵又廷：喔，这个还真没有哎，我更比较晚熟。不过想想，校园里那种纯情的恋爱应该很美好吧。

暖小团：说说看，究竟什么类型的女生最能打动你的心？

赵又廷：我的要求很简单。我喜欢有气质的女生，她要大方还要性格独立，有思想。另外，我是个贪吃鬼，所以，她最好也爱吃好吃，哈哈哈。

暖小团：被喜欢的女孩儿拒绝过吗？

赵又廷：这一点我必须得很骄傲地说：从没有过。

暖小团：了不起！快告诉我们，你追女孩儿通常都用什么办法？

赵又廷：我追的女孩儿都是我真心喜欢的。所以我也就更喜欢把最真实的我展现在她面前。我的方法通常不花哨也不浪漫，就是简简单单，用真心与对方相处，这样更比较直接有力。

暖小团：认为自己对女孩儿来说最大的吸引力是什么呢？

赵又廷：女孩儿应该都会喜欢有自信的男人吧，而且我还算性格稳重，很多女孩儿都很重视安全感的，让她们觉得可以依靠。

暖小团：那你说，初恋在男人心中到底是个什么位置？

赵又廷：初恋像是一个符号，它绝对可以成为男人的全新开始，而且初恋的经历很可能一辈子都忘不掉，只是默默地留在心底。

暖小团：大胆幻想一下，你期待中的家庭生活是什么样的？

赵又廷：对男人来说，家庭生活不是一件特别复杂的事，男人都不喜欢太烦琐。家庭生活是很平凡的，家居布置很简单干净。两个人也不需要惊天动地的大浪漫，但就是会觉得很温暖。

暖小团：假设这么一个场景，多年没联系过的初恋女朋友某天发短信给你，说我要结婚了，请来参加我的婚礼。你会怎么做呢？

赵又廷：我当然会去啊，还会给她准备一件不错的礼物，并且婚礼上会跟她说：祝愿你一直这样幸福甜蜜。而且会在心里一直给她祝福。因为是她让我拥有了第一次的心动，让我拥有了一段难忘的恋情，我必须用这样一个方式来祝愿她，这也是给自己一个最好的祝福。

暖小团：怎么定义好男人这个概念?

赵又廷：好男人是可以让女人依赖的。他要有担当，学会承担责任，这样才能承载一个家庭的幸福。对了，推荐你们去采访我爸爸，他有很不错的初恋故事。而且他就是我心中好男人的代表。

赵树海：那一年，我单恋的女孩儿

暖小团：赵老先生，我们知道您是我们台湾当年的资深帅哥，是很多女生心中的白马王子。又廷推荐我们来采访您，就是为听您讲当年的初恋故事。

赵树海：哈哈，又廷知道我比较会讲故事。

暖小团：他还说，您在他心中是好男人的绝对代表。

赵树海：这个不敢当。但是父亲总会成为孩子未来的生活榜样。我从小就告诉又廷要有责任感，要学会负责任，说到的承诺一定要做到，这就是好男人。

暖小团：哪个幸福的女孩儿会享受到这样一个好男人的初恋呢?

赵树海：那是我上小学四年级的时候，我的第一次暗恋经历。她是我们学校的升旗手。当年操场上，每当升旗，我的视线都在那双拉绳的小手上。

暖小团：所以对您而言，参加升旗仪式的主要目的就是为了看一眼心爱的女生？

赵树海：是啊。早上的升旗仪式总是不受同学喜欢的，但却是我的最爱！那双拉着绳子的白皙的小手的主人正是我心里那个可爱的女生。她比我高一年级，我永远记得她脸颊上两团苹果般的红晕，顶着一个标准的学生头，齐眉的刘海。我每天都祈祷她不会生病，这样她就不会缺席。每次升旗我都是在众学生的耳际间看着她，升完旗绑好绳子她就走下台。我也从不知道她是哪一班的，教室在哪儿。这样的故事持续了好久，直到她毕业了。自此以后，我眼中就不再有拉绳的小手了。我的第一次暗恋故事也就结束了。

暖小团：您眼中的纯爱是什么样呢？

赵树海：我常跟人说，真爱如水是空幻的，感情却是真实且与日俱增的，就像涓涓细流平平淡淡，或有小石滚动，却是细水长流。但是多数人不以为然，他们要的爱情是永远的热烈与澎湃，或许时代不同，所以表现方式也不同，但我不认同。我总觉得“我们谈恋爱吧”这句话变成两人关系进阶的询问口令，“我可以吻你吗”这句话一样愚蠢。爱是什么？爱是自然发生的，是彼此顺理成章接受的，爱是无怨的相处，无悔的生活，直到长久！

暖小团：如果用一句话给爱下个定义呢？

赵树海：爱是归属不是拥有，爱是共享不是占有。祝大家都幸福。

二进宫

这年头流行穿越剧。大概是因为2012年以前大伙儿都不想认㞞，都想从头再活一次，哪怕从古代。于是每年4月，我们都会带来一位肤白貌美气质佳，性格豪爽赛奇葩的穿越剧女明星陪我们一起穿越，去年是杨幂，今年是袁姗姗。又是一年草长莺飞的好节气，是的，我们又进《宫》啦！

暖小团：传说中的袁姗姗？

袁姗姗：正是民女。外面冷吧？

暖小团：咋？你帮我暖暖？

袁姗姗：刚才不是握手了吗？

暖小团：说实话，我站门口找了半天都没找到你。你怎么穿身儿运动服就蹦跶出来了？

袁姗姗：怎么舒服就怎么穿呗，又不赶通告。对了，还可以告诉你，我今天连胸罩都没穿。

暖小团：……我突然不冷了。要是所有姑娘都这样该多好？

袁姗姗：我周围挺多朋友都这样啊，天凉，穿得厚，不穿也看不出来啥，还不如自己怎么舒服怎么穿呢。

暖小团：下次再约采访记得带你朋友们一起来，我请客。

袁姗姗：哪有这好事儿？

暖小团：今儿没化妆？

袁姗姗：大周末的能起个早就不错了，我才不化妆呢。

暖小团：过来让我摸摸你整没整容。

袁姗姗：整容还整成我这样？那算不算医疗事故？

暖小团：哪有演员说自己长得不好看的？

袁姗姗：我本来也没想当演员来着，所以也没按演员的脸长。

暖小团：说说吧，这是怎么个情况？

袁姗姗：小时候，我是学小提琴的，但也不是我自愿学的。我爸我妈总是觉得，一个小姑娘家家的，能老老实实地学个乐器陶冶情操的，俩人一合计就给我在艺术学校报了个名。我被迫学了六年的小提琴。

暖小团：好在你脖子没有歪。

袁姗姗：后来我就跟他们说：我不学这个了，没意思。一天默不作声的，端着那琴膀子特疼。累个半死，我要学就学个能出声儿的。于是我就又去学了唱歌。

暖小团：得，这回能出声儿了。

袁姗姗：是啊，天天唱歌可高兴呢！当时做梦都想当领唱，觉得当领唱特别牛，一人之下，万人之上。

暖小团：你这分明是萝莉面女王心啊！

袁姗姗：女王个屁。正当我特别努力表现自己的时候，有一天我们合唱团那老师突然走到我身边，悄悄在我耳边说：袁姗姗，你下课之后来找我一下。

暖小团：要升官儿？

袁姗姗：是啊，我当时也这么合计着来着。紧张死了，整个一堂课都没怎么唱好，一下课我就直接找老师去了，我说老师，您有啥事儿要找我？那老师笑眯眯地摸着我的头说：姗姗啊，我觉得你不如去学演戏吧。

暖小团：噗—— 对不起，我能乐一下吗？我真的很想笑。

袁姗姗：唉，别提了，我当时都快伤心死了。那老师还给我联系了教表演的学校，甚至连老师都帮我联系好了，直接就介绍我过去了。

暖小团：那这老师该有多想让你走啊？

袁姗姗：我们老师给我的理由是，你这种状况更适合学表演，学表演比学唱歌有前途。

暖小团：这就是打一巴掌给个甜枣儿。

袁姗姗：别在我伤口上撒盐。

暖小团：我就想问一句，你还真乖乖去了？

袁姗姗：可不嘛。人家那学表演的学校也得是考了试才能进去的。当时我年纪小，根本不知道什么叫表演，我们那个指导老师就给我开了个小灶。他给我列了个单子，应急让我学了首诗朗诵，还教我学了个什么手绢舞。说，差不多了，你去考试应该行了。

暖小团：这也行？

袁姗姗：其实我自己都不知道考试是怎么过的，就得了个通知书，老老实实地去武汉上学了。过了几年，学校组织学生一批一批地去考中戏，我就也跟着一起进京赶考去了。

暖小团：中戏每年的招生阵势我可见过，十分壮观哪！

袁姗姗：我们那年头儿也是。好在我们一大群同学一起去，也不觉得紧张，之前也没做什么特殊的准备。考上怎么样，考不上怎么样，这些统统没想过。当时我们每个人都报名参加了好几个学校的考试，万一自己考不上，起码能多一个选择。

暖小团：你当时报考的是哪些学校？

袁姗姗：报了一个中戏，还有个叫谢晋艺校。

暖小团：赵薇不就是那儿毕业的嘛?

袁姗姗：是啊。当时是我们老师给我选的学校。其实考试挺残酷的，一关一关地卡掉了不少人，看着周围人越来越少，心里其实挺慌的。考完试自己就赶紧回家了。

暖小团：金榜题名时啥感觉?

袁姗姗：因为通知书是寄回我家的，所以都是我爹妈帮我留意这事儿。但他们一直就没告诉我考试结果。他们开始就不是特别支持我学表演。

暖小团：因为演艺圈儿忒复杂?

袁姗姗：差不多。他们就是觉得，一个女孩儿，以后在家守着父母就挺好的，不必非要离家那么远。后来他们看我每天好像挺惦记这事儿的，就问了我一句：要是真考上了，你去北京吗?我说我当然去啊。于是他们就把通知书给我看了。

暖小团：你当时是泣不成声了吗?

袁姗姗：哪能呢，我当时就乐疯了。最大的感觉就是：太好了，以后可以天天玩儿了。

暖小团：真有出息。

暖小团：我特别好奇的是，你们表演系的姑娘们到底在学校里都学了点儿啥。

袁姗姗：大多是演些小品什么的。

暖小团：How to be a perfect actress？

袁姗姗：其实直到真正进剧组才知道，很多在科班里学到的东西并不完全顶用。比如，我们的教授会反复告诉我们：演戏的时候，眼睛必须直视对面的演员，这样才能把一些台词用眼神表达出来。实际上，剧组里常出现的情景是：对面就是一台机器，演员可能坐在旁边边吃饭边帮我搭个词儿，根本没法用眼睛抒情。这事儿我适应了好长时间才习惯。

暖小团：最有用的知识一般都不是在课本上学到的。那啥，你现在还爱唱歌吗?

袁姗姗：我愿意啊，还是个麦霸。平时去 KTV 什么的自己就能嚎个半宿。最近一个剧的主题曲就是我唱的，没准儿以后出个唱片什么的。

暖小团：你也要多栖?

袁姗姗：不算。觉得合适自己的才唱，我从来都不强迫自己。

暖小团：我看你最近的杂志也拍得挺多的。

袁姗姗：哈哈，那都是经纪人帮我接的。

暖小团：拍杂志跟拍戏在感觉上有什么不同?

袁姗姗：戏里总有很多情境，还有不少能表现人物性格和冲突的台词。杂志都是图片，所以不能说话，就更考验功力吧。

暖小团：谁说不能说话，咱有采访！

袁姗姗：但杂志其实更多的是比创意。每本杂志都想把艺人拍得不一样。所以就会有各种各样的造型，自己也觉得挺好玩儿的。

暖小团：给我们拍的这组大片儿感觉咋样？

袁姗姗：一定要说真话吗……算了，我也不会说假话。

暖小团：怎么了？有什么难言之隐吗？说吧，编辑老汪把你怎么着了，我代表月亮消灭他去。

袁姗姗：主要是太冷了，就给那么点衣裳，在天台拍啊，还连拍两天。

暖小团：真笨，你当然也可以一头扎进老汪的怀里。

袁姗姗：……算了，我不喜欢诗人。

暖小团：这句我会转达的。

暖小团：去年4月刊我们拍了《宫1》的杨幂，今年的4月刊又拍《宫2》的你，所以我这算二进宫。

袁姗姗：哈哈哈，真巧，我跟杨小幂刚好是大学室友。

暖小团：世界真小。当时我们还帮杨幂征婚来着，收到了不少应征信。

袁姗姗：那她现在的男朋友是你们介绍的吗？

暖小团:我们的内页图一定对二人的爱情起到了添油加醋的作用。

袁姗姗：啊呀呀，希望今年我也有这个运气。

暖小团：没见过你这么猴儿急的。

袁姗姗：怪我吗？演员本来接触异性的机会就少，而且翻来覆去就这么些人，一半儿的有女朋友了，一半儿的结婚有娃了，这些肯定跟我没关系了，选择又少了一大批。我们老板和周围朋友都忙着帮我做媒呢。我现在每次接戏，都提前让经纪人把男演员名单先发给我看看。

暖小团：跟你搭戏的男演员太危险了。你要是男的会喜欢自己吗？

袁姗姗：不会吧。觉得这个姑娘笨，还有点儿彪，又没经历过什么风风雨雨。有时候要靠运气活着。没什么大本事，好在也饿不死自己，大大咧咧的特容易高兴。

暖小团：女汉子？

袁姗姗：那倒不是。我希望自己能多做点东西。自己能力强的时候会觉得生活特别美好。我说：袁姗姗，你要快乐，我就真能快乐起来。

暖小团：你说，袁姗姗，你要有男朋友。

袁姗姗：别揭我短。

暖小团：算了，看看我们能不能当你媒人吧。

袁姗姗：要能成的话我请你吃大餐啊吃大餐。

暖小团：先说说大餐请我吃什么？

袁姗姗：你喜欢吃什么？

暖小团：啤酒大串儿。你们这种文艺女青年肯定不懂。

袁姗姗：我昨天还满大街举着糖葫芦吃呢。前几天因为大声跟经纪人说茅房在哪儿呢我想拉屉屉，当即被他骂了一通。

暖小团：咳，咱能不把吃跟拉这俩事儿一起说吗？

袁姗姗：所以我说我不是文艺女青年嘛。

暖小团：你觉不觉得你不大像艺人？

袁姗姗：咋不像艺人啦？艺人是人，也有自己的喜怒哀乐，我觉得现在这样就挺好，端架子太累。我也没多红，我就是个平常的姑娘。

暖小团：平常姑娘里待嫁的，待嫁姑娘里最会拉小提琴的，拉小提琴姑娘里唱歌最好的，唱歌姑娘里演戏最好的。

袁姗姗：你就是这么定义我的吗？

暖小团：最后一个问题：我都为你二进宫了，这顿咖啡谁买单？

袁姗姗：……我。

结束语：是的，我不喜欢加班，我不喜欢起早，我不喜欢去

大悦城，我不喜欢去星巴克。一个周末，我起了早，我去了大悦城，我去了星巴克。好在万岁，我喜欢这个姑娘。于是我为她二进宫的时候，嘴角是笑着的。

小男人，大天地

坐在对面的文章有一张年轻的脸，态度谦和得很，当他坐在我身边聊天的时候，我几度产生拉起他一起骑上我那辆破摩托车腾云驾雾地赶去闹市的街边边吃大排档边聊天的冲动。聊天完毕，我跟他说起我那一刹那的感受，他笑着皱了皱眉头，跟我说："早点儿说咱现在都吃上了。"

2007 年，他是《奋斗》里的向南

他说："我没病没灾，我父母双全，我有车有房，我媳妇儿疼我，我挣钱养家，我过得不错，我还活着，我以后会更好，我行，我行，我行行行！"

没有人记得这个长相顽皮的大男孩儿在荧幕上的好丈夫之路是怎么开始的。但是所有人都必须承认，当年只有 22 岁的文章把京城小白领向南这个角色彻底演活了。作为一个小职员，他和

所有朝九晚五的家伙一样，抱怨工作日太长，双休日太短。实际上，他又拼命赚钱，只为了给媳妇儿更好的生活。几乎所有男人都能从向南身上找到自己的影子。这样一个人物身上有着浓浓的痞性，有着北京爷们儿特有的自由和不羁，但是所有人都能凭借他一个眼神儿看出：这分明是个生怕长大，喜欢装成无赖的好男人。

暖小团：现在走在路上还有人叫你“向南”的时候你怎么想?

文章：别说，还真有人这么叫过，有一次我走在路上，有人就说：“哎呀你看，这不是那个向南吗？”我自己还觉得挺有意思。我特别高兴有人记住我演过的角色这件事儿，哪怕只记得剧里的名字不记得我本名我也高兴，这证明我扮演的这个角色已经在观众心里扎根儿了。最近我还碰到一次类似的事儿，一哥们儿走过我身边跟我说：“哎？你不是刘易阳吗？你挺不容易的。”我一听就乐了。

暖小团：有人说，向南这个小丈夫的角色制约了你之后的戏路。

文章：是在这之后，有许多丈夫的角色找到我。我觉得这不算是制约，因为我在那之后很快就真正成了一个家庭的男主人，成了一个女人的丈夫，成了一个小女孩儿的爸爸。所以，不光是向南这个角色给了我之后的戏路，还有我的人生经历帮助我能够越来越好地驾驭丈夫这个角色。

2009 年，他是《蜗居》里的小贝

他说："海藻，我爱你。我还是想和你在一起，我还是没办法放弃你，我已经爱你到骨头了。"

在《奋斗》火爆荧屏两年后，剪短了头发的文章眉宇间依然带着脱不掉的孩子气，但在演技上却日趋成熟，面对镁光灯的时候，他知道如何才能表现得更加灵动自如。2008 年，他凭借电影处女作《走着瞧》中的精彩表现，成功问鼎上海国际电影节最佳新人奖。这个时候，他已经结婚生子，这个时候，他只有 25 岁。

暖小团：小贝这个角色感动了很多人，当时接到小贝这个角色的时候有什么感觉?

文章：说实话，这是一个撕心裂肺的角色。每一个能让观众哭一次的角色，演员都要付出哭十次作为代价。想演好一个角色，演员只付出汗水是不够的，更需要心。出演这个角色的时候，我真的会觉得自己身上有不少和剧中角色类似的地方，比如我们都一样始终相信爱情，面对感情都坚贞不渝。我想，剧情最后，小贝和郭海藻最终没能走到一起，不是爱情的悲剧，两个人其实并没有输给天长地久，而是输给了血淋淋的现实。这是所有相爱人的悲哀。

暖小团：因为职业特殊，你和太太马伊琍不能经常见面，你们用什么方式来维系感情?

文章：始终保持新鲜感是维持婚姻关系的一个重要方式。不

能见面可以发手机短信和打电话啊，她知道我心里时刻装着她的。因为聚少离多，所以自然而然就能时刻保持新鲜感。从这一点上看，我们都要感谢演员这个职业。它让我们相识、相知、相爱，成为一家人，现在又能让我们的爱情时刻保持新鲜。这其实挺好。

2010 年，他是《雪豹》里的周卫国

他说："那个男孩跑了，他是去买更多的玫瑰，因为他想要更多的吻。"

变了，全变了。2010 年的文章再出现在人们面前时，已不再是当年那个毛头小子，他穿上了土色的军装，他摸爬滚打在冰天雪地，他放弃了自己殷实的家产，他甚至为了战争失去了一条胳膊。在这部被称作抗战版《士兵突击》的电视剧中，血性男儿周卫国让人们见识了文章的蜕变。

暖小团：据说拍摄这部戏的时候你吃了不少苦。

文章：说不累那是撒谎，天儿特别冷，而且戏一拍起来就是一天。但是想想也挺过瘾的，有格斗、有枪战、有剑道。拍戏过程还真挺危险的，因为周卫国在断臂之后，投手榴弹都要改成用嘴拉开拉环，有一次拉手榴弹居然真的就拉炸了，现在身上还留了个伤疤，不过想想挺值的。之前的角色都是在耍着贫嘴讨姑娘欢心，在这部剧里终于踏踏实实地演了一把大英雄。刺激！

暖小团：怎么定义“大男人”这一个词?

文章：大男人更像是一种精神，跟年龄无关、跟身份无关、跟身材无关，唯独跟男人的信念和阅历有关。大男人其实说白了就是一种气性、一种魄力，而且大男人的内心一定是强大的。

2011年，他是《裸婚时代》里的刘易阳

他说：“我求你嫁给我吧！虽说我没车、没钱、没房、没钻戒，但是我有一颗陪你到老的心！等你老了，我依然背着你，我给你当拐杖；等你没牙了，我就把食物嚼碎了再喂给你吃；我一定等你死了以后我再死，要不把你一个人留在这世上，没人照顾，我做鬼也不放心！”

暖小团：有很多人把你在这部剧中扮演的刘易阳评价为“打着灯笼都没处找”的好男人。你怎么看这事儿?

文章：其实你上面说的那句台词的作者就是我自个儿，当时写的时候只是按照自己的想法来写的，从来没想过这么一句话成了这个人物的标志性台词。其实我会下意识地给每个角色都埋上一些人格缺陷：比如刘易阳，他有点儿轴、爱面子。我最近有一部叫作《失恋33天》的电影要上映，这里面我的角色也是一个有点儿愣，但是对爱情非常执着的人。我们每个人都有优点和缺点，这才真实，没有人完美到无可挑剔。

暖小团：作为男主人，你平时如何维系家庭的长治久安?

文章：可能是姐弟恋的原因吧！我和马伊琍结婚至今，关于我和太太分分合合的消息就特别多，可是我们从不当真。我们不是把爱情秀给所有人看的主儿，爱情是两个人的事，未必需要所有人理解。为人子、为人夫、为人父、为人婿是每个男人一生必经的过程，我正在要求自己一步一个脚印儿地走下来，还要走得好。每个男人都需要一个幸福的家庭做他的坚实后盾，我的家庭是由三个人构成的：我妻子、女儿爱马，还有我。我们就像是一个三角形，三个人永远彼此关联。你知道，三角形是最有稳定性的。

苹果的诱惑

暖小团：秋小姐，你必须知道，你是《男人装》建刊以来，拍摄最为艰难的封面女郎，没有之一。

秋瓷炫：我很抱歉给你们添麻烦，这些都算是内部矛盾，但是我觉得有些确实不是我能做到的……

暖小团：你能做到，因为你做到了在现场和我们的编辑争吵了 70 多次。

秋瓷炫：你说 70 次吗？每件事要是没有争论的话就没有意义了，就因为想做得更好，所以才提出意见，才会发生议论争执的啊。所有的不快，其实都是热情澎湃的表现吧。我们本来也没有特别大的冲突啊，理由只不过是我们的热情都太高，觉得沟通很重要。片场出现小状况，我都习惯了。因为跟你们是第一次合作，所以沟通上会需要更多时间，韩国和中国的文化也有点儿小差异。那么说到这儿，我也想问问，第一次跟韩国演员合作之后的感觉怎么样?

暖小团：怎么轮到你采访我了？这么说吧，这次合作就像追一个漂亮大妞儿，过程是艰辛的，结果是喜人的。

秋瓷炫：看吧，你们对结果也还是满意的吧。有个事情还没有告诉你们，我基本上每次和媒体合作都会有点儿小的意见冲突，为什么？因为我想要最好的效果。因为这是我最在意的事儿，这是我的工作之一。我有理由跟你们争论，因为你们这期的封面是我秋瓷炫，不是吗？

暖小团：不带你这么咄咄逼人的，你还想不想嫁出去了？

秋瓷炫：那我倒是不着急，想娶我的自然会来，早晚的事儿。

暖小团：想象过自己的另一半是什么样子的吗？

秋瓷炫：嗯，应该是像朋友一样的人。我喜欢更能理解我的，能合得来的人。我不想做总是依靠男人的女人，我的思想和行为都很独立的。最重要的是，我要求另一半一定是一个能理解女演员人生的人。

暖小团：看出来了，你的思想和行为确实很独立，不知道什么样的兄台能恰到好处地摆弄你，你还能服服帖帖不反抗。

秋瓷炫：哎呀，拍片子和谈恋爱是两码事，我的态度肯定是不一样的啦！

暖小团：你给自己制订的未来五年计划是什么？

秋瓷炫：目前看来，还是只想把所有的精力都专注于事业，我相信我还能做得更好。我会拍很多很多非常好看的好戏……

暖小团：打断一下，你就打算这么一直忙一直忙一直忙，没点儿别的安排？我都看不过去了。

秋瓷炫：那倒也不是，大概会努力工作到明年或者后年吧……到第三年的时候，再休息休息，如果那时候有合适的男朋友也想结婚，应该刚刚好。还有就是一定安排时间去美国念书，算是给自己充充电。

暖小团：未来的演艺事业更多的是放在韩国还是放在中国？

秋瓷炫：我现在在中国有经纪公司啊，所以这几年会在中国工作。

暖小团：真不错，要是走运的话，我可以看到你结婚的那一天，我可以从现在就开始攒红包。

秋瓷炫：你们还没有新娘封面吧？我可以试试。

暖小团：就算是新娘上我们封面也是要奉献大尺度给读者的，不过我可以把你推荐给我们集团的一本叫作《时尚新娘》的杂志。

秋瓷炫：没准儿那会儿我就想开了呢？

暖小团：不然你现在就想想？万一想开了咱接着拍？

秋瓷炫：……

暖小团：来，不逗你了，我给你削个苹果。

秋瓷炫：我能不吃苹果吗？

暖小团：苹果怎么惹你了？想当年，亚当和夏娃就是吃了苹果才犯的错误啊！

秋瓷炫：给你讲个故事吧，我是在韩国大邱出生的，在韩国，大邱的苹果非常有名。所以我童年就吃了很多苹果，因为家庭条件不大好，所以饿的时候妈妈都让我吃苹果，就因为那时候吃得太多了，所以现在有点腻了，不怎么爱吃了。

暖小团：你看，又戳到了你的伤处。唉……

秋瓷炫：没关系，我知道你不是故意的。

暖小团：那就问个故意的，你似乎从来不忌讳告诉所有人你出生在一个并不富裕的家庭，对吗?

秋瓷炫：对呀，因为这些事儿并不让我觉得难堪。特别小的时候，妈妈开了一家美容院，父母离婚之前，我们全家是一起住在那儿的，是美容院也是我们家的那种，所以那种困难是可想而知的。在我到了青春期的时候，很多小孩儿都开始有荣辱观，他们都会觉得如果家庭条件不是很好，朋友们来家的话可能会觉得丢脸，但是我并不会，还跟他们相处得很好，一点儿都没觉得丢脸。

暖小团：很多小孩儿都是因为童年家境不好所以落下自卑的心理疾病的，在你身上好像并不存在这个问题。

秋瓷炫：我没有自卑的迹象啊。因为家境是生来就有的，改变不得，也容不得你埋怨。但是朋友和快乐都是自己的。那时候有很多要好的朋友，他们的家庭都很富裕。最要好的朋友家里的冰箱里有满满的菠萝和无数好吃的，有的人家还有电脑什么的。虽然我那时候没有，可没有觉得丢脸或者什么。相处得都很好啊，留下了特别多好玩儿的纪念。

暖小团：问一个深沉的话题，童年的窘迫家境留给你现在最多的念想是什么?

秋瓷炫：我想小时候感觉都一样吧，因为那时候都不懂事，觉得不顺心如意的话，就不听父母的话，还表现得很不满，容易受伤害。等长大就明白了小时候经历的那种心痛经历都是助你成长的，而且也能够理解父母亲的痛处。虽然生在离异的家庭，但是我可不会对爱情有任何怀疑，父母也在尽可能多地为我做榜样。现在他们都各自找到了自己的伴侣，幸福地活着，我很欣慰也非常感谢他们。

暖小团：还在读书的时候，你就被星探选去拍了广告，开始步入演艺圈?

秋瓷炫：对呀，当时是做杂志模特。

暖小团：我特别好奇的是，年纪轻轻，突然发现自己红了，有什么异样的感受吗?

秋瓷炫：老实说，是因为从杂志开始，突然有一天就红了，当时拍一本女性杂志，我的照片是 8 月份杂志的封面……

暖小团：你启发了我，我们似乎也应该到高中去寻找一些靠谱的封面女郎……新鲜。

秋瓷炫：听我接着说啊。成了封面女郎之后，学校里面很是热闹。我那时候也特别激动。不是觉得自己从此就星路坦荡，而是觉得，自己做得挺好的，有了更多的自信。

暖小团：时隔多年，这次又做封面女郎，有什么不一样的感觉吗?

秋瓷炫：跟《男人装》合作，中途确实反复协调了很长时间，但是因为这是在中国第一次拍的杂志封面，所以很期待。就是在给你们拍封面的过程中，我也总是想起第一次上杂志的那时候，觉得应该把当时留下的遗憾在这一次弥补上。

暖小团：55555……你当年的遗憾肯定不是尺度太大，我们需要你弥补这方面的内容!

秋瓷炫：哈哈哈。给你们的尺度已经很大啦!

暖小团：一个人在中国发展，会觉得寂寞空虚吗?

秋瓷炫：我不大容易感到寂寞，也不会因为是在中国所以觉得寂寞。我平时也是跟经纪人姐姐一起生活的，还有和中国公司的同事们也相处得很好，也认识了很多好朋友，现在很幸福。

暖小团：嗯，万事俱备，只缺一个男朋友。

秋瓷炫：碰到有缘分的还不是随时随地的事儿?我不着急。

暖小团：当时是什么机缘决定来中国发展呢?

秋瓷炫：其实很单纯的，刚开始什么也没想就来中国拍戏了。那段时间中国找了很多韩国演员，就因为好奇我也来了。来了之后，不知道是不是跟中国有缘，中国的环境、饮食都非常适合我。我发现自己在中国很舒服，之后一直想来中国。拍了几个作品后，有一段时间一直在韩国工作。

暖小团：后来，你拍了《回家的诱惑》，后来你有了许多中国籍的粉丝，后来你又回到了中国……这简直是一个漂亮姑娘的励志故事啊！

秋瓷炫：不同的是，现在更多的是有了责任感和目标。因为有更多人在期待着我好，所以我一点儿都不觉得寂寞，而且要更努力，以更好的作品给所有人看。还有就是，韩国虽然有很多好演员，但是因为演艺圈太小，年代戏和古装戏太少了。中国有更多的机会，所以对爱演戏的我来说，这绝对是个利好条件。

暖小团：代表中国爷们儿欢迎你，也想代表中国爷们儿问问你这样的韩国大妞儿在拍戏之余有什么兴趣爱好……

秋瓷炫：读书、旅行、高尔夫、爬山都是我的最爱。还有一个可能会有点特别……不知道能不能算爱好……

暖小团：说说看说说看？别告诉我这个爱好是睡觉。

秋瓷炫：才不是呢，是看中国的连续剧啦！看中国前辈演员们的演技。有时间的话也会看娱乐节目，对汉语学习有很大帮助。

暖小团：说到这儿我突然觉得，《非诚勿扰》应该举办一场嘉宾均为异国单身女明星的专场相亲会。

秋瓷炫：那是什么节目？

暖小团：来，最后一个问题，大胆幻想一下，自己未来的家庭是什么样子的？

秋瓷炫：每次被问到这样的问题时，脑中自然会想象这样的一幅画：一家人一起去溪涧度假。跟父母、老公、子女一起烤肉、戏水。这时候，旁边的电话响起，是经纪人打来的……

暖小团：你是在给我们讲冷笑话吗?

秋瓷炫：别着急，听我讲完。经纪人打来电话的内容是一个艺人、女演员，但这个女演员的日子还是跟平常人一样过着安逸生活的那种女人的生活。

暖小团：爱家并敬业着。

秋瓷炫：我是个有点儿小贪念的人。我爱演戏，就要演到最后一天。我需要我自己的家庭，我也不会为家庭做出一点儿让步。他们结合起来，就是我的幸福。

时光马戏团

我想吻她。几年前，金莎是偶像剧里那个清纯文静的梦中情人，浅吟低唱着爱恨情仇，像是一只温顺的小白兔。几年后，她变成了镜头前那个撒着娇，操控着小性感的狸猫。她说，我长大了。我说，没有，因为我从一开始就想吻你，现在依然是。是的，她长大了，又或者她依然是她，不过是因为我长大了。

时光对任何人都没有留情，每个人都像是纵情被年华玩弄于股掌之中的玩偶。我抗拒成长，我巴不得时间永远停留在那一年的那一点。没错儿，眼前的这个姑娘眉目完美，她必然是上天的宠儿，但是时间没有等她，依然一路狂奔，带上她奔向未知的征程。她无力抗拒，只能拼命捂住耳朵，生怕听到年轮从身上轰然碾压过去的巨响。她说，我怕。她又说，我没变。

暖小团：这次拍我们的片子累坏了吧?

金莎：还行，工作上的累我倒是都习惯了，今年整个上半年我就休息了一天。这次主要就是拍摄前情绪和心理上经过不小的动荡。

暖小团：你是说拍摄封面之前激动得热泪盈眶，一晚上都没睡着觉，光翘首以盼来着？哎呀，我们刊封面女郎的角色总是让人这么情绪紧张，不敢当啊不敢当。

金莎：我……

暖小团：我知道你是个做事儿认真的姑娘，拍个照片而已嘛，别紧张就对了，其实你完成得挺出色的。来，作为你的大哥哥，组织派我来安慰你一下。

金莎：你……

暖小团：哈哈哈，我就喜欢嘴上欺负一下你这种没力气还嘴的小姑娘。一着急脸蛋儿还红扑扑的，特有成就感。

金莎：我不是……

暖小团：得了得了，不跟你闹了，我觉得再说你就该哭了。

金莎：总体来说，自己的感觉还是挺没底的，毕竟是第一次尝试这么大的尺度，也不知道出来效果到底怎么样，所以刚才一个劲儿地缠着你们要看内页照片。

暖小团：总有第一次的嘛。再说你不是为这组拍摄提前做了不少准备吗?

金莎：也没准备太多。就是有点担心会不会尺度太大，总觉得自己身材不够好，性感的感觉不够。

暖小团：我顺便问一下，传说中你为了准备拍这组片子专门去瘦身，光办瘦身卡就花了 20 万大洋？听着我都心疼。

金莎：可能是因为双鱼座总是想让自己更完美一点的原因吧。我还是那种容易胖的人，现在也是专门请了个营养师来教我，一日三餐到底该吃什么。他给我规定了规范菜谱，我每天只能吃这些。因为我过去喜欢吃的东西都是芝士、奶糕这类的，热量太高。

暖小团：现在感觉效果满意不?

金莎：挺好的挺好的，三周瘦下来 6 斤，脂肪掉了 3 斤半，肌肉掉了 1 斤半，水掉了 1 斤。

暖小团：作为一个去年至今天喝啤酒重了 10 斤的货，我觉得我距离减肥也不远了。但是我请不起营养师，花不起 20 万。

金莎：减肥是个力气活。光控制饮食也不是办法，我还请了舞蹈老师教我跳舞,这样自己又能锻炼舞技,又能给自己消耗不少热量。

暖小团：你累不累啊? 光说你没时间休息，一下子学这么多东西哪还有时间休息。

金莎：可能在这个问题上我有点强迫症吧。我总是觉得自己还有更多能力做更多事，总是觉得自己其实还可以在更多方面有点儿小进步。趁着年轻，让自己多学点东西总觉得不错，心里踏实。像是之前还在公司的时候，他们强迫我学舞蹈我都不乐意学，总觉得自己唱歌演戏就够了，干吗还要跳舞。但是随着年纪增长，自己就主动给自己报名学舞蹈什么的了。觉得自己想明白了，唱歌跳舞或者演戏都不是为了别的，只是为了让自己能更完美一点，发掘出自己更多的潜力。这可能也是因为我没男朋友的原因吧，等有了男朋友，估计我就没时间这么折腾了。

暖小团：所有的话里，我就听见最后一句了。

金莎：我微博里关注了好多瑜伽教练、全国游泳冠军、烹饪大厨、马场老师，这些人看起来好像跟我不相关，但是我总是想，等以后有机会见到人家的时候就跟人家好好请教请教，自己还挺想多学一点儿的。现在想学学做菜，想学骑马，都挺有意思的。

暖小团：我明白了，你这根本不是什么强迫症，你这说好听的算是学习型人格，说难听点就是折磨自己自虐症。

金莎：可能双鱼座就是这种喜欢强迫自己到极限的物种吧，反正自己不觉得这是虐，还挺高兴的。觉得这是对自己好。

暖小团：得，这么看来你下半年也无休息日。

金莎：真没准儿。下半年有两部新电视剧、还有新电影上映。新唱片《他不爱我》也正在宣传。

暖小团：为啥叫“他不爱我”。

金莎：这首歌正好是专辑歌曲中的一首。我有位《易经》老师，他帮我们起的，这个名字，感觉它更好更适合这张专辑，方便宣传。也就直接把它当成专辑名字了。

暖小团：《易经》老师？你这个学习型人格啊。

金莎：其实老师说得挺对的，你得相信。

暖小团：算了，拗不过你。说吧，到底谁不爱你？

金莎：就是个歌名而已。再不你猜猜?

暖小团：我要是猜那可就没边儿了，哈哈哈。

金莎：你想说谁?

暖小团：韩寒?

金莎：你……

暖小团：不跟你闹了。说正事儿，听了一首你这张专辑的歌，觉得跟以前不大一样。

金莎：可能感性多了一点吧，以前都是纯情的那种路线。这张专辑可能跟以前不大一样，正好赶上整个人的转型，自己也长大了，敢于尝试不同的路数。性感和成熟其实自己还挺喜欢的。

暖小团：（嘀咕）那拍摄的时候怎么死活不穿那套内衣?

金莎：你说啥?

暖小团：没啥。我是说，记得《十八岁的天空》那会儿，我上高中，周围无数都是你的超级大粉丝，标准的男生初恋女朋友的形象。

金莎：那会儿刚刚出道，有师兄带我，所以觉得发展很顺畅，真的挺感谢的。但总感觉就是当时公司经常安排跟师兄一起演出，俩人站在台上演出的时候，下面围着无数喜欢师兄的小女孩儿，你知道，疯狂喜欢一个男明星的女孩儿都是有占有欲的，她们会觉得出现在偶像身边的女歌手都是自己的敌人。所以演出的时候总是感觉下面无数双眼睛看着你，眼睛里带着仇恨。

暖小团：那是你多想了。你得知道，先有羡慕嫉妒，才有恨。

金莎：可能是。反正就是感觉有点小忐忑，觉得人家歌迷都是因为喜欢师兄才关注你的，所以自己做什么事都小心翼翼的。站在师兄后面，心里想，有一天，自己也有忠实粉丝的时候该有多好。

暖小团：切，当时那是因为你不认识我和我周围那帮人，我们要是在的话，哪能让你有这心理，我们就在台下面喊：金莎！金莎！金莎！哎？你师兄是谁？

金莎：别逗我了。后来慢慢就好了，《十八岁的天空》播出之后自己就自信起来了。

暖小团：蓝菲琳。

金莎：嗯，这个角色其实还挺像当时的我的。年纪小，也没经历过什么事，感觉一切都是美好的，签了公司，自己还不知道接下来要怎么发展，但是总是有特别多的期待。

暖小团：我们编辑三年前见过你，你背着双肩小书包，包里面还有一只你的小泰迪。他说跟你见完面之后顿时感觉春天来了。

金莎：哈哈哈，那时候的自己还有点傻呢，很多事还没见过，就知道玩儿，不过很可爱。

暖小团：这几年都经历过啥事儿？

金莎：见得多了吧！觉得很多自己没想到的事情也都发生了。

暖小团：能不能说具体点儿，顾及一下听众的感觉，你这么一说，我八卦心骤起，现在想听内幕想得不得了。

金莎：我不方便说。

暖小团：算了，不难为你，不说拉倒，我自己猜。反正好歹算是过来了，现在想跟过去说点啥？

金莎：想说的可能就是感谢过去经历的所有的事情吧，工作上的、生活上的，或者感情上的。自己一步一步走过来不容易。高兴的经历，或者不高兴的情绪，都教我成长，让自己把所有事都看清楚。没有过去的经历，也就没有现在的我。

暖小团：现在自己有了工作室之后感觉跟以前签公司做歌手的时候有什么不一样？

金莎：确实不一样。当时是公司为了旗下的艺人发展开专门的讨论会，会给我们制订一个专门的发展路线，公司会给每个艺人定下来固定风格，你的歌曲，接演的电视剧电影，都是和这个确定的形象统一的。所以有很多东西都是一成不变的，有时候我也会因为被控制这件事感觉困扰，不想看着自己跟牵线的木偶娃娃一样，即使在台前有无数人围着叫着你的名字，拼命喜欢你。台下自己明白，这些东西未必都是自己想要的。

暖小团：小妞儿，那你想要啥？

金莎：那时候也会给自己的歌填个词，但总是被毙掉，公司大多数会用知名的词作者填词。我知道人家写得比我好，但是他们写的完全不是我当时的情绪或者个人经历啊，所以唱起来自己的情绪也总是不够饱满，还得演着唱。后来我填了那首《星月神话》

之后，公司才放心把不少词让我填。现在自己有工作室之后，这些问题就都不存在了……哎？你怎么不说话了呢？你有啥感觉？

暖小团：我完全就是感觉这是个青春叛逆期的小女孩儿跟家长之间执拗拧巴的过程。

金莎：现在可能不会像当时那样了吧，成熟了一点，就会用成熟的办法解决。但很多成长都是被迫的，年纪到了，不能再和以前一样一成不变，其实我自己知道，我的心还在那儿没变。

暖小团：成熟了有什么好处？忙得要死，假期都没有，连个恋爱都没时间谈。

金莎：大多数时间都在拍戏啊，一出去就是好几个月，接触的异性也有限，哪个男人会愿意这么等你，两个人都没有见面时间，没有时间相处，没法培养感情啊。每天在天上飞来飞去，谁肯要我。

暖小团：不对吧，听你经纪人说，他给你介绍了大于等于八个高富帅，个个英俊潇洒、风流倜傥、玉树临风、人见人爱。为啥你一个都没看上？

金莎：我总觉得相亲是个挺奇怪的事儿。两个之前完全陌生的人抱着结婚这个终极目的坐在一起，非要往一起凑合，也没那么多时间培养感情，也并非两厢情愿，就是彼此觉得还行，就生活在一起。这种事情我不愿意。我宁可没有男朋友，也不愿意委屈自己凑合一个，感情这事儿是将就不来的。

暖小团：你想找个啥样的男朋友？双鱼座好像都是外貌协

会的。

金莎：以前年纪小，可能觉得长得帅的就会喜欢人家吧。现在是想找一个完美一点的，他要能用眼睛跟我交流，眼睛会说话，能跟我表示出爱意，眼神最好有一点坏。聪明而且有能力的，足够热爱生活，而且要能跟我聊得来的，两个人是在一个频率上的，生活节奏统一。整个人是不羁的，但是对待感情要专一。

暖小团：对不起，我必须打断一下，这么多条件，你还让不让男人活了？

金莎：我想要个完美的爱人。

暖小团：我终于明白你为啥没男朋友了。

金莎：我总是觉得，要是找不到能符合上面条件的男朋友，我宁可一直单身一人，也没什么不好。男人能做到的我也能做到，也能给自己足够好的物质生活，我整个人过得也足够充实。如果有人能照顾我，我就让自己安心被照顾，在找到这个能照顾我的人之前，我必须代替他好好照顾自己。单身也没什么的。

暖小团：暴殄天物。

金莎：你嘀咕啥？

暖小团：没啥，你说你的。

金莎：其实很多艺人都是这样，周围像我一样的人不少。这些女孩儿的事业都很成功，自己想要得到东西也都得到了，忙碌生活背后，是她们的茕茕孑立。有时候我看着她们特别孤独的背影，都觉得心疼。

暖小团：我也心疼啊。这么说，之前那些关于你的绯闻都是假的?

金莎：我明白公司是为了我好，增大曝光率。但是有一些绯闻是我接受不了的，比如我跟一个导演刚见第二次面，还是因为我过生日，人家过来给我送个礼物。我为了表示感谢，出门送人家。公司的人就告诉我：你走得离他近一点。我当时还想，为什么要这样，我跟人家也不熟。其实是公司派了记者守在门口，拍了我们俩的照片，第二天就上了娱乐头条。

暖小团：我去，不会有人拍咱俩聊天的照片吧?

金莎：后来我妈看到那个关于我的绯闻报道，从上海打电话给我，每天一通，连续骂了我一周。说你想干什么？报道上说的是怎么回事？我说我自己都不知道是怎么回事儿，我只知道没有这回事就是了。我妈特别生气，就跟我说，以后再也不许闹出来这种事。我说行，我记住了，我错了。

暖小团：其实明星闹个绯闻好像已经司空见惯了，大家都明白是怎么回事儿。咱妈应该有这个心理准备。

金莎：我妈是特别在乎这些事的人，她总觉得，我要是跟这么多人闹出这么多莫名其妙的关系，以后就找不到好人家了，人家会因为这些虚假的消息猜测我的过去，觉得我好像怎么样了似的。还有不少这种空穴来风的绯闻，算了，我不想再说绯闻的事了。

暖小团：既然不愿意说绯闻，那咱就说个你乐意说的话题，以前谈过几次恋爱?

金莎：这个真不能说，我妈会看这篇报道，她会骂我的。

暖小团：说吧，到时候满大街都会挂着《男人装》的宣传版，想看不到你都不可能。看你往哪儿躲。

金莎：所以我准备 7 月份跑到国外去，避个难，省得被我妈打电话追着骂，怎么敢拍性感封面。所以你得原谅我，不能说情感经历。

暖小团：好吧，阿姨您好，金莎没谈过恋爱。

金莎：你……

陪我去冒险

她叫叶璇。她是凭借《意外》一片成功获得第29届金像奖的最佳女主角。她说着一口不标准的港版普通话，生在情人节，她单身。我们问起她爱什么的时候，她告诉我，她爱折腾。

暖小团：咳咳，介绍一下最近你都在忙些什么，不要告诉我你在忙着拍《男人装》。

叶璇：哈哈，最近还真就挺忙的。在做一部叫《第九个寡妇》的电视剧的制片。另外在忙着拍一部杜琪峰导演的电影，跟古天乐、孙红雷还有很多大牌一起，还在张罗一部叫《阿西娜女神》的动作电影，还筹备一部叫作《紫钗记》的古装剧。

暖小团：等会儿，等会儿，容我好好捋捋……你同时在忙一部家庭电视剧，一部动作电影，一部古装电视剧，难道你是为了完成穿越?

叶璇：哎，倒也不觉得跨度多大。当演员的时候也是这样，基本已经习惯了这种几部戏一起忙的生活，也不觉得怎么着，反而觉得挺有意思的。

暖小团：话说做制片人跟做演员有什么不一样的感觉吗?

叶璇：真不一样。以前做演员的时候相对轻松，无非是好好看剧本研究角色，现场多跟导演交流，演戏突出人物感情就可以。制片这活儿比演员累，现场能看到的所有东西都要一一过目。

暖小团：大管家?

叶璇：剧本要看、演员要选、场地要挑、合作要谈，灯光布景都要提前先准备齐全，演员服装、化妆都要做到心中有数，甚至连工作人员中午吃什么都归我管。

暖小团：现在是真心话大冒险时间：你是非帅锅演员不用的外貌协会成员吗?

叶璇：我从来不看演员的名气。我选演员先要看他到底适合不适合这个角色，他到底是不是能诠释这个角色的最合适人选，用了他是不是能给整部剧加分。

暖小团：要我我就选大腕儿。比如我就喜欢陈奕迅，他演烂片儿我也看。估计跟我一样的脑残粉还有不少，没准票房就“噌”一下上去了。

叶璇：用大腕儿没问题，但如果电影出来之后，观众因为大腕儿去看，发现情节和剧本都不怎么着，群众肯定觉得自己上当了。卖大腕儿这种事儿干多了，观众就会觉得这导演就是用明星换票房，以后再也不买账了。所以，还真是要把功夫花在好好选演员这件事儿上。

暖小团：难道你想折腾做导演?

叶璇：哈哈哈，外行了吧？导演归制片人管。我已经折腾到最高位置了。

暖小团：这我还真不懂，我一直以为制片人和导演的关系就像我们主编和出版人的关系一样。

叶璇：导演主要管片子的执行，保证它的整体水平和把握节奏；制片人啥都管。

暖小团：太棒了！我们工资低你管不管?

叶璇：……

暖小团：说正经的。在演艺圈这么多年，做过演员、配音、主持人，现在做制片。这么多门类工作里，你最喜欢哪种?

叶璇：最喜欢的……还是做制片人吧。

暖小团：真就那么喜欢冒险?

叶璇：为什么不呢？爱冒险才能体验到更多种生活，通过自己的努力能让梦想成真是件特别神奇的事。实际上，努力奋斗的过程像一个探险的旅程，本身就够刺激。

暖小团：我打断一下，咱能不能不光说戏和工作？哪怕你跟我谈谈人生呢。

叶璇：我再把刚才那半截话说完。所有的事儿即使做不好也不要紧，起码自己试过，尽了最大努力，就算是失败也不觉得是挫折。有那么句话说“对于拍戏来说，最大的冒险就是不敢冒险”。好了，你刚才说让我谈啥来着?

暖小团：……哎，我都让你说忘了。

叶璇：谈生活，谈人生?

暖小团：休息、不拍戏的时候都喜欢忙啥?

叶璇：嗯，很少有休息的时候哇。偶尔有闲下来的时间……嗯，会看看下一个剧本吧。

暖小团：你绝对是累死的。

叶璇：不是累，这是追求。

暖小团：去年结婚的艺人不少，你打算什么时候请我们吃喜糖?

叶璇：顺其自然呗。我只想找个能理解我的伴侣，起码支持我工作。之前也有过相处愉快的对象，但种种原因总是觉得没有足够的时间交流，就会觉得感情磨合得还不够好。实际上做演员的生活就是这样的，很多的私人时间都要为演戏让步。所以还是缘分不到，我不急。

暖小团：折腾女王，想给自己选个啥样的主儿?

叶璇：我挺慎重的。因为我自己就是个喜欢折腾的人，总觉得每一年都要有更多更新的事儿做才觉得踏实，所以我也得找一个能受得住我这种生活方式的人来相处：要勇敢，勇敢地爱我，勇敢地陪我一起冒险。感情这事儿含糊不得，不想委屈自己。不过有了好消息一定告诉你。跟你说话挺愉快的。

暖小团：那等我有好消息也告诉你，我跟你说话也挺愉快的。

叶璇：……你真贫。

暖小团：贫是穷的意思吗？

叶璇：就当我夸你吧。

小姐真白

引言：当这个姑娘坐在你面前的时候，你突然就懂得，原来静若处子和动若脱兔有时候并不矛盾，甚至能做到完美结合。

暖小团：Can you speak Chinese? Whatever，English 我也能整两句儿。

及莉：Can you 老老实实 speak Chinese?

暖小团：早点儿这么说不就省事儿了吗，我不就是怕在你这留洋回来的大姑娘面前露怯嘛。

及莉：切，已经露完了。

暖小团：又被看穿了。不过说实话，你是我见过长得最像林黛玉的女孩儿。

及莉：哈哈哈哈哈哈哈哈哈，是因为我长得白吗？好多人这么说过了。

暖小团：算了，你这么笑过一通之后，只当刚才那话我没说过。

及莉：（小声嘀咕）为什么男人都喜欢林黛玉呢?

暖小团：我说你看着像林黛玉，我又没说你是林黛玉。再说就算你是林黛玉，我说过我喜欢你了吗?

及莉：你不喜欢我。

暖小团：我说过我不喜欢你了吗?

及莉：别逃避问题。问你呢，我就是想知道男的是不是都喜欢林黛玉那种姑娘?

暖小团：谁跟你说的?男的大多喜欢看起来文文静静的女孩儿，这样起码能满足他们的大男子主义，还能激发男性保护她们的欲望。这是雄性动物的本能。

及莉：那我明白了，我总是觉得男的只喜欢两种类型的女孩儿，要么是狂野型的，要么是林黛玉型的。没跑儿。

暖小团：你这意思是不是暗示我，你平时很受男生喜欢?

及莉：也还好吧……

暖小团：懂了，这么说的姑娘通常都有的是追求者。

及莉：我长得很温柔，性格很活泼，但是两者一结合，就没什么市场。

暖小团：我就知道负负得正，原来正正也能得负。是因为你平时拍古装戏拍得比较多的原因吗?

及莉：跟古装戏角色关系不大，但确实是跟拍戏有关系。因为工作忙，几乎没什么时间认识那么多人，约会就更没空。所以好多人都说演员谈恋爱太挑剔，其实不是什么挑剔的问题，主要是想谈恋爱也没时间。

暖小团：喜欢演古装戏吗?

及莉：挺好的。能有一种穿越感，有时候做的梦都是回到了唐朝那种，醒了自己琢磨琢磨觉得特别好玩儿。再有就是我这种长相也挺适合古代造型的。

暖小团：当年在伦敦读书的时候喜欢你的男生多吗?

及莉：还真不多。外国男生大多数都喜欢长得很有中国韵味的那种大妞儿，应该就是三毛那种，我这种不成。

暖小团：那会儿有相互喜欢的男生吗?

及莉：有吧……有。

暖小团：那怎么不跟人家说呢。

及莉：不敢吧。我从小就在部队大院儿里长大，家里管得严。总算敢谈恋爱了，也觉得这事儿应该是男方主动一点儿。英国男生又都性子比较闷，完全不是开放的类型。当时每天就是上课下课吃东西回寝室。再说我很快就回国读表演系了。

暖小团：哎，封建思想害死人。当年是怎么想起来报名参加世界旅游小姐大赛的?

及莉：嗯，这事儿说起来还挺逗的。当时是我一个关系很好的姐妹儿先报名的，她让我跟她一起去，为的是能壮胆儿，我想也没想就跟着报名了，没想到我一路还挺顺利，竟然还拿到了第一名。当时觉得都不敢相信了。

暖小团：无心插柳常常能柳成荫。

及莉：对呀，这个世界有时候就这么神奇，偷偷就塞给我一个大惊喜。

暖小团：世界旅游小姐平时喜欢旅游吗?

及莉：喜欢！旅游多有魅力啊，每每去一个别的地方都感觉自己多了一种人生经历，觉得自己瞬间就心胸开阔了，之前计较的东西都完全不值一提，心态也平和了许多，就像服用了一帖长效镇静剂，回头再看所有东西就都觉得渺小。

暖小团：原来旅游还能长个儿。

及莉：哈哈哈，好玩儿吧?

暖小团：平时还有什么别的兴趣爱好?

及莉：平常女孩儿喜欢什么我就喜欢什么。没事儿拍个照片，发个微博，有空出去买点儿自己喜欢的衣服穿穿就能高兴半天，吃点儿好吃的，平时好好工作。我生活其实挺简单的。

暖小团：还真是没心没肺的姑娘。

及莉：朋友都说我是个性格挺男孩儿的姑娘，但我自己还挺引以为荣的,我男孩子气一点儿也没什么不好,起码不矫情。对了,我还抓过贼呢!

暖小团:求剧透。

及莉:就是我刚从英国留学回来那会儿,在街上被两个小偷盯上了,一个跟在我后头,手就伸到我包里了。我感觉到了,一回头,跟他喊:你要干吗?

暖小团:那兄弟说我先劫个色………

及莉:那小偷就跟我说,没事儿,我就是看你长得白。我就冲他喊:不对,你是贼,我要抓你!周围所有人就都围了上来,然后他俩就开始跑,看我追他们,还把我推了个大跟头。

暖小团:巾帼英雄,现在再遇到这样的事儿的时候你怎么办?

及莉:弄不死他也吓死他,这叫精神震慑。

暖小团:姑娘你真是条汉子。

及莉:所以千万不要以貌取人。

天下皆硬汉

面前的佟大为有着标准的健康的黄种人肤色，笑得一脸灿烂，完全像个二十几岁的大男孩儿。这种类似同龄人的错觉直到他自然而然地把T恤脱掉的时候才彻底消失殆尽，面前的男人线条漂亮，肌肉结实，完全像是个健康的健身教练。他乐呵呵地告诉我们：“之前得知要拍你们的杂志封面，特地练了，看上去还不错吧？”我想，这就是一个演员的敬业。在镜头前，他满身泥垢，拍摄间隙，他满身是汗地坐下来，眼角的犀利不见了，面前的男人如朋友一般，推心置腹，无话不谈。

关于健身：不吃饱怎么有力气减肥

再没有人叫他奶油小生，再没有人说他婴儿肥。当所有人为了在健康和节食之间反复权衡的时候，演员佟大为用他看似不够专业但绝对健康的方法轻轻松松地实现了鱼与熊掌的兼得。当他侃侃而谈的时候，我们看到更多的，是这个男人对健康生活的不懈追求。

暖小团：最近你好像瘦了很多，为MH拍摄这样一组封面大片的时候我们看到你身材练得很棒。你的简单易行的健身计划是什么？

佟大为：在给你们拍封面之前我作了充分的准备。不过通常我不会进健身房减肥，也不会刻意地节食，在我看来这些都是不健康的做法。我的饮食和作息时间其实很规律，我会用每天慢跑做锻炼，还会在每天早晨和中午的时候各吃两碗米饭，晚饭基本上是不吃的。米饭是我的减肥法宝，因为它是最健康的食品，所以我总是坚定一个信念：不吃饱怎么减肥？

暖小团：米饭是健康的食品，我好奇的是你怎么做到用它来减肥的？

佟大为：中国人有很多理念是不正确的，比如我们总是喜欢在饭桌上点很多菜，但是关于主食却很少吃，尤其米饭。我们都管进食叫"吃饭"，怎么不叫"吃菜"呢？这说明我们在饮食观念上是跟老祖宗有出入的。米饭可以补充我们身体所需要的足够蛋白质和营养物质，换句最简单的话来说，它能让我们有劲儿。

暖小团：不如把你不进健身房，只靠慢跑的减肥秘诀也跟我们介绍一下吧。

佟大为：我会把运动的时间放在每天的早饭后或者午饭后，我绝对不会不吃东西就先运动，那对身体绝对是一种伤害，消耗太大，容易起副作用。如果打着健身的旗号伤害了自己的身体，那就太得不偿失了。我的活动方式是慢跑，绝对不是只运动了一两天就突然停下来，那样就算彻底前功尽弃。事实证明，相比于依靠辅助机械的健身和瘦身，我这种坚持慢跑的同时保持正常食量的减肥方法效果一点儿也不逊色。

暖小团：你刚才提到了坚持，但是事实上很多人的瘦身和健身都败在了坚持上。

佟大为：开始的半个月绝对是最难熬的。我生活的圈子里经常有朋友来叫我一起吃饭，桌子上山珍海味，还有各种酒，自从决定健身之后，我也会出席这种朋友聚会，但是说得最多的一句话就是："对不起，我最近减肥，真的不能吃这些东西，酒就更不行。"真正是你朋友的人是绝对不会勉强你的，他们只会支持你。为了巩固健身的效果，我还特地准备了一台人体秤和一面镜子，经常上秤会让你多了不少约束力。比如你因为贪嘴，第二天的体重就很可能增加，发现自己之前的努力白费了，这种心情特别不好，以后自然就不敢再多吃。至于准备镜子，那完全是为了激励自己。当你发现，镜子里的自己已经瘦了一圈儿的时候，你会有特别大的成就感，这也会激发你的动力，你会再接再厉，这样才能做到更好。

暖小团：说到品酒，你有什么独家秘笈吗？

佟大为：这个话题也可以从中医养生的角度谈一谈，中国人最适合喝的酒其实是白酒和黄酒，绝对不是红酒和啤酒，因为国人基本上都有体寒的特性。不信你可以尝试一下，在你喝了白酒和黄酒之后，你的手心是热的，这表明你的血液循环很好，你整个身体的血液是运动起来的。但是当你喝完红酒或者是啤酒的时候，你的手心是凉的，因为这两种酒是寒质，这不利于中国人的体质。当然，我不建议多喝酒，因为即使是成年人，喝酒也会刺伤大脑，甚至伤害神经，不过小酌儿口还是挺惬意的事儿。

暖小团：听上去相当受用，你简直就是一个养生专家了。这些养生之道是你利用拍片间隙自学来的吗?

佟大为：开始是因为自己读了一些这方面的书籍，觉得怪有意思的，对自己的生活也很有用。于是就开始买点儿相关的书，这样就能让自己多一点儿知识武装头脑。后来身边的朋友也会介绍给我一些研究这方面的医生，他们会告诉我更多的经验。我也会把这些有用的东西先在自个儿心里牢牢记住，然后再告诉身边的人，让身边人健康是件非常高兴的事儿。

关于时尚：我也是个潮人

经常出入于耀眼的舞台，艺人的一颦一笑，都会成为大众的谈论话题。佟大为并不浮躁，他有自己的潮流触觉，我们必须相信，他正在用自己的一举一动，诠释全新的时尚概念。

暖小团：之前我在798的一个艺术展上看到了你携太太一起出席，你对时尚怎么看待?

佟大为：说实话，我之前并不是一个关注时尚的人，但是现在的行业让我越来越多地接近时尚圈。时尚确实是个很有魅力的词语，也是一个最简单又最难捉摸的永恒话题。比如说，那天你看到我在参加那场秀的时候，那场艺术展的主设计师送给我一条男士丝巾，还帮我把它系在脖子上，就是这么一个小饰物，让我当时本来穿起来很平常的西装立刻就多了不少设计感。所以我觉得，也许时尚距离每个人并不远，只是我们都需要足够的灵感才能更好地驾驭它。

暖小团：你喜欢的穿着是什么？

佟大为：我可不敢穿着T恤衫牛仔裤就大摇大摆地走在街上。那样会被别人认为是不敬业，他们会说：你们做演员的不都应该打扮得特别光鲜吗？不应该有一个特别夸张的造型吗？你怎么穿得这么平常？你这是不时尚！所以我现在每次出门前，都要在镜子前细细打量自己，这样倒有很多圈内人说我成了个潮人。实际上，我最喜欢的是在家的状态，穿着简单的睡衣睡裤，窝在沙发里跟家人一起看电视。这才是我最真实的状态。

暖小团：自然本身也是一种时尚。

佟大为：没错儿。时尚本身就是一种生活态度，也许你生活得简单、乐观、积极就可以做到这些。从这一点来看，我是为了让自己生活得更自在、更舒服在不断努力的。这么说起来，我就是一潮人。

关于生活：家庭是上天赐给我的最好礼物

当年一部叫《玉观音》的电视剧成就了清纯的孙俪，更让所有人记住了好男人佟大为。如今，二人都已各自婚娶，为人父母。谈起妻子的时候，佟大为更多的是愧疚和感激。然而，谈及年纪尚小的女儿时，这个男人流露出脉脉温情，脸上写满了幸福和知足。

暖小团：为人夫为人父之后，觉得生活中产生的最大变化是什么?

佟大为：应该是成熟得更快了吧。家庭成了我成熟的催化剂。我太太确实是一个非常好的妻子，也是好的母亲。他们是上天赐给我的一个最大的礼物。前几天我去参加一个朋友的婚礼，小两口儿跟我们聊天的时候，新娘还说一定要过够了二人世界之后再考虑生孩子。我太太就说：也许你怀孕了之后就再也不这样想了。我们结婚的时候也想过这个问题：说是要两年后再考虑生孩子。可是我们结婚四个月，我太太就怀孕了，我们在得知这个消息的时候一点儿也没有犹豫，就决定要下这个孩子。孩子是我们爱情的见证，我们没有任何理由去杀死它。这样的事情一个善良的人永远做不出。事实证明，我们当时就要了孩子也确实是正确的选择。

暖小团：说点儿你和女儿生活的趣事吧。

佟大为：哈哈，这可不少。拍《金陵十三钗》的时候，我往返于北京和南京，经常不能回家。有一次我妻子带着女儿去剧组探班，临别的时候我送她们去机场，我妻子说："跟爸爸拜拜吧。"我女儿特别乖地跟我说："爸爸再见，你要注意安全。"这句话没有任何人教过她，她就自己脱口而出。其实一个两岁半的小孩儿肯定不能懂得安全的概念，但是我明白，她是希望她爸爸一切顺利。所以我觉得孩子真的是天使，那一刹那我真的意识到了，一个男人肩膀上担着一个家的责任，这种责任没有让我多出一丁点儿负担，相反的，都是快乐和甜蜜。

暖小团：真是个聪明的小家伙儿，你希望她以后做什么职业呢？

佟大为：我闺女才两岁半，但是她已经表现出了浓厚的文艺天赋，比如听着一首歌，她就会情不自禁地跳支舞给我和她妈妈看，但是我和我太太都不愿意让她也做这一行。不是因为这一行太苦太累。肉体上的辛苦我觉得都是磨炼，这没什么，反倒能让她更好地成长。但是最让我担心的是演员这一行是需要投入大量情绪的，比如，我们经常为了更好地演绎一个角色去体验生活，去反复琢磨这个角色。不少演员都有轻微的抑郁，实际上这都是因为入戏太深，如果不投入情绪，这个角色你就没法最好地诠释，没法儿演活演好，观众就会觉得它假。一旦投入了太多的情绪，这对演员的心智绝对是个煎熬，如果她是个男孩子还好，我真的不能想象一个对演艺事业充满期待和向往的女孩儿每天被剧情弄得焦头烂额。

暖小团：你希望女儿从你和她妈妈身上继承哪些优点？

佟大为：善良、快乐、做一个懂得让自己幸福的人。最重要的是，懂得知足。

暖小团：好爸爸，谈谈你对离婚的看法吧。

佟大为：我永远不会离婚，这是我一贯坚持的理念。很多年纪比我大的人跟我说：你这么想因为你没到那个年纪，你再年长一些你就会知道离婚有的时候是唯一的选择。我从来不这么认为，我觉得心里暗示有的时候是特别可怕的事儿，我要是信了，到了七年之痒的时候，我就会不断暗示自己：这是不是就到了别人所说的婚姻瓶颈儿了？我是不是该考虑离婚了？当这种想法存活在彼此心里的时候，这才是造成离婚的根本原因。吵架和争执是婚姻中的调味剂，没有分歧的日子没法儿过，有说有笑自然也就会有分歧。我不想离婚之后一拍大腿，说：哎，多大点儿事儿啊，都怪冲动了。

关于事业：每个男人都是硬汉

一路走来，佟大为实在是顺风顺水，得到的瞩目够多，更能获得剧组和观众的垂青，电影电视剧里都能看到他的身影，也许这就是一个演员的魅力所在。与他聊起这个问题的时候，他并不解释，只是在用一个个故事告诉我们，每一个人的成功，都绝非偶然。

暖小团：为《男士健康》拍封面大片注定是个够累的活儿，怎么定义硬汉这个形象？

佟大为：我喜欢杂志为我设置的这些场景，很生活，不做作，同时也能表现一个男人身上负担的东西。硬汉这个词条在我看来其实更多的是一种气质，或者说，不一定线条硬朗就算是硬汉，硬汉更多的其实是指男人要有担当，要明白他自身的社会责任。每个男人都在一个时间表现出硬汉的一面，就是不屈服，面对压力不低头。所谓的硬汉，其实并不一定表现为冷峻，如果这个男人有足够的男子汉气概，那么他即使是笑着的，我们也能从他身上看到硬汉的影子。

暖小团：《金陵十三钗》快要上映了，怎么定义你的角色？

佟大为：我是为了拍你们的杂志封面和这部戏才专门做了健

身的。在这样一部戏里，我扮演了一个军人，他所处的时代赋予了他身上更多的责任，他内心的煎熬和隐忍，其实都在剧情里有所表现，这是一部我投入了完全的内心热情去演的戏。很多人跟我说：大为，这部戏将成为你演艺生涯的一个新起点。我并不否认，因为从这部戏开始，我会全心起步，尝试演绎一些新的角色，让自己作为一个演员能品尝更多味的人生况味，其实是我一直以来追求的事情。

暖小团：跟张艺谋导演合作的最大感触是什么？

佟大为：能接拍这部戏，我必须感谢张伟平先生，如果不是他在众多人选中决定让当时看上去还不够“硬”的我来扮演这个角色，那么我很可能与这部戏失之交臂，那将是我特别大的一个遗憾。这是一个非常专业的团队，跟他们合作能学到不少新东西，我觉得我一直在进步，每天都充满了奔头。这让我觉得非常踏实。

暖小团：听说你在拍戏的过程中受伤了是吗？

佟大为：是的，因为吊威亚的时候受了腰伤。张艺谋导演是个特别细心的人，他真的没有在做访谈的时候看上去那么严肃，他看我受伤的第一反应是：大为，你得先休息。我说：我能坚持，不要紧。张导就说：你现在年轻，别硬撑着，等到你年纪大了就知道了，腰伤其实是特别严重的问题，千万别留下病根儿。就是他坚持让我回家养伤，我非常感谢张导，他让我知道了这么一个道理：爱戏，也别忘了爱自己。

暖小团：从拍电视剧过渡到拍电影，有什么不适应吗？

佟大为：很多人认为，做电影要比拍电视剧发展更好，但是实际上我知道，两者是完全相通的。电影需要用最短的时间表现出最多的情绪，这对演员的基本功是一个更大的考验。感谢之前拍摄电视剧的经历，为我积攒了不少特别宝贵的经验，这让我更有信心驾驭电影里的角色。其实我骨子里还是热爱电视剧的，它其实是百姓更喜闻乐见的一个载体。如果我演绎的角色能成为观众茶余饭后的关注点，这对我来说实在是一件很高兴的事儿，我还是随时随地准备着接电视剧剧本。所以，无论电影还是电视剧，都为每一个热爱表演的人铸就了一个快速成长和不断历练的平台。

暖小团：活到而立之年的时候，你想怎么定义成功?

佟大为：我承认我是个运气好的人，一路走来算是诸事顺利。演员实在是一个竞争太过激烈的行业，还好我不是流星。能走到今天，我必须感谢我身边的每一个人，信任我的导演、关心我的观众、支持我的家人，还有很多这么多年来一直陪伴我成长的人。我真的不知道应该用什么语言来谢他们，语言跟真心比，永远是苍白的，我能做的，只是带着牵挂继续上路，才能走得更远。有了他们，就是我最大的成功。

好梦一日游

暖小团：第一个问题，老问题，最近在忙什么？以及明年2月份的时候你会在忙什么？你就先说最近在忙什么吧？

李小璐：在拍《AA制生活》，然后再做《当婆婆遇上妈》和《美人天下》的宣传。《美人天下》因为是五家卫视，五家卫视播，然后宣传就比较大，赶场比较多。

暖小团：所以最近一直是在赶场。

李小璐：对。最近就是一个《AA制生活》要杀青了，所以最后的戏要拍一下，还有就是宣传，拍拍杂志什么的。

暖小团：那你现在的生活主要围绕着这些工作，还有什么其他的想做？

李小璐：我想出去旅游一下，但是现在没有太多的时间，就希望拍完这个戏，做完《美人天下》的宣传，年底没有什么太好的戏，我就不接了，然后就休息一下。

暖小团：你经常有这样休息的计划，最后能付诸实施吗？

李小璐：40% 吧，就是 40% 能实现，差不多能达到吧。

暖小团：还是会打折扣。

李小璐：对，其实你有一个期待是好的，每当你很忙很忙的时候，你就想我完了以后，就要去哪儿，即使不能实现，但是你期待的过程还是很美好的，因为你会看、会想、完了就去了。但是因为如果后面是接什么事儿的话，除非是我很想接，我才会接，如果不想接的话，可能就不接了。

暖小团：你这个就叫画大饼，先给自己画一个大饼，然后告诉说，这个饼你可以吃，但是很快大家都快够到这个饼的时候，紧接着这饼又吃不到了。

李小璐：对，就是望梅止渴。

暖小团：对，所以你现在就这个状态，基本上，我感觉。

李小璐：还行吧，有一点。

暖小团：你今天看上去不累，因为你今天看上去很 high。

李小璐：我觉得今天在感冒当中，状态是最好的。我平常感冒绝对是蔫的，然后感觉人就萎缩了，就像一块新鲜的肉，被风干了的感觉。

暖小团：我一会儿再问你今天的感觉。2 月份你应该会在做什么呢？

李小璐：2 月，我不知道。2 月份，我不知道是不是能过年，

2月份要是不拍戏的话，就是在度假。反正是这两个，不是在拍戏，就是在度假吧。现在还没定好，因为不喜欢一年的档期都是满的，排满的。我喜欢就是比较让自己有一点自由的空间。这样的话，不会让自己感觉压力那么大。

暖小团：你度假可能去的地方会是哪儿?

李小璐：有海的地方我就首选。

暖小团：因为你喜欢游泳，是吗?

李小璐：不是，我喜欢阳光。

暖小团：难怪要做阳光……

李小璐：对，就是阳光、沙滩，我喜欢那种可以让心情豁然开朗的地方，本身工作压力挺大，再去探险就会觉得很累，但是我比较喜欢去一些比较异国风情的地方。

暖小团：那就是出国了。

李小璐：对，威尼斯，之前去威尼斯我比较喜欢。法国也蛮喜欢的。反正就是希望去一个有不一样感觉的城市。

暖小团：所以你吃海鲜什么都可以。

李小璐：对。我还可以。

暖小团：你知道阳光性感这个概念是你给出来的，还是（丽华）给你的。

李小璐：不是，就是简单地总结的，我没什么阳光性感，反正就是健康，就是属于那种特别……怎么说呢，就像女神一样的感觉，我希望特别那种，有点儿神秘，就是我希望有一点儿神秘的感觉，因为有那种阳光如丝光的时候，你不觉得你就像在梦里面，似梦中的人物吗？就是你梦里的人物是模糊不清的，但是是一个很漂亮的影子，就是你做美梦的时候。然后，如果你做噩梦就是那种特别黑，如大海，一个浪一个浪地打过来，就是那种感觉，所以我希望是那种给你一个美梦的感觉。

暖小团：好梦一日游。

李小璐：对，美梦的感觉。

暖小团：我告诉你“阳光性感”这个题目拿到以后，后来我们基本上抽掉了两三斤眼影，才把今天的这个方案，算是在酒店里能够解决掉一部分。

李小璐：其实我觉得要是真的能去毛里求斯多好，恐怕有点赶不及了。

暖小团：是啊，时间可能会有一点问题。那你会跟《世界》走吗？

李小璐：《世界》可能也拖到 1 月份。其实我上次跟《世界》那个去京都，特别好玩。一边玩儿，一边拍，我喜欢那种感觉，大家还打成一片。北京可能就是比较有局限，尤其拍旅游杂志，我不爱在北京拍，尤其有那么好的出去玩儿的机会，上次去拍《梦芭莎》明星，苏州也挺好玩的。我喜欢种跟大自然融为一体的那种感觉。其实我本身还是挺喜欢摄影、杂志、照片、时尚的东西。所以有的时候也自己想主意，如果我真的有精力的话，说不定就跟你一块想了，但是我实在是太没有精力了。每一次。拍杂志人物封面，都会不管什么主题就来，无论是什么样的主题，我都说好好。现在每拍一个杂志人物封面，我都会提前问一下主题是什么，大家做一个沟通，那样会更好一点，参与一点自己的想法。

暖小团：这个会不会意味着你好像慢慢长大了，自己开始想自己的事儿了。

李小璐：可能是，有一些更多的见解了，我觉得这对我来说是个学习，因为我的东西你可以否定，或者是你可以来说服我，或者是告诉我说，我们通过这个方法可以把它怎么样弄得更好，我觉得这是一个学习的过程，然后等出来东西以后，我觉得下次会更好。

暖小团：所以今天早上你吃早餐的时候，我如果一直跟你犟下去，你会掀桌子吗?

李小璐：不，我的性格不是这样子的。

暖小团：所以你会怎么样? 你会很郁闷?

李小璐：倒不是，我还是会说服你。

暖小团：就轴到底，就是如果我轴到底的话，你会跟咱们一起轴到底。

李小璐：对，我觉得我的口才能力还是很好的。我觉得我不一定全是错的，因为毕竟拍的是人物，如果说你想拍一个主题的话，你完全就可以找模特来拍了，但是人物和主题能够相结合，把它糅合在一起，我觉得是（英文）那种感觉会比较好。我觉得是一种分享。

暖小团：我刚才想追问一下，你的性格就是，如果一个人一直跟你这么针锋相对地犟下去的结果会是什么？就是真的说服不了的状况。

李小璐：我会让着。我不是属于那种特别强势的，如果说我是那种强势性格的话，当然了，自己家人跟我爸可能会争取，但是如果是别人的话，没那么熟的话，我还是会比较尊重别人的想法，但是如果说真的很那个的话，我会很委婉，但是心里会别扭。反正是一个矛盾，因为我是天秤座，经常会很矛盾。是和平主义者，不喜欢争执，有很多东西，即使他不满意，他也宁愿去妥协。这是我的性格，而且又懒得解释。到最后，就好吧，随便吧，就是这样了。但是我有时候又觉得自己口才也挺好的，还是挺能说的。

暖小团：但是说和做出去，比如说“说”，口才上可能你说服了我，但是如果做出来，兴许我说的那种方式做出来会更好。

李小璐：要不然我说，不怕你拍，就怕你不拍。大家既然都是为这个东西好，拍出来看，如果真的不好的话，也没关系。其实我觉得今天那个阳光，穿黑衣服那个就是少了点感觉，黑衣服，完全可以拍大头的东西，就是那个黑吊带的那个，弹吉他的那个。我觉得可以拍一个大头的东西，因为整体显小。

暖小团：我估计那张最后未必用。

李小璐：就是显小，我觉得那个东西其实是一个突出我性格的东西，可能跟我更贴近一些。

暖小团：你觉得你自己的性格是什么呀？

李小璐：挺随性的。

暖小团：随性，是说你挺软和的，是吗？

李小璐：对。挺好捏，有的时候挺软柿子的。

暖小团：这样的性格会不会被欺负，生活当中？

李小璐：经常。所以我就选择忍，实在不行，要么忍，要么残忍。就是忍吧，退让吧，直到躲嘛，不太爱去跟你矫情什么东西。

暖小团：有在工作当中翻脸的经历吗？

李小璐：有。

暖小团：上一次翻脸是怎么回事。

李小璐：不记得了，很多年前了，我也忘记了。我这个人不记仇，要记仇的话，这么多年我得气死了，很多东西想得越开越好。别人生气，我不气，但是我的性格确实挺负面的，我有的时候挺容易把自己弄得很……

暖小团：悲伤。

李小璐：对。

暖小团：脑袋上顶着一朵乌云。

李小璐：对。就是很……

暖小团：怎么让你调整起来？立刻 high 起来。

李小璐：有的时候会马上听音乐调解，吃一块糖，喝一杯热巧克力，看一下阳光，看一下夕阳，我就觉得，或者看一眼霓虹灯什么的。我觉得我还是比较适宜居住在城市里面，我是一个怕孤独的小动物。我也不知道，就是我喜欢那种很美的大自然，但是我不适合居住在大自然里面，我喜欢城市的感觉，这样我会有安全感，即使是一个人，我知道外面是热闹的，我就会有安全感，有人气。

暖小团：你是在北京出生的，对吧？

李小璐：对。我是北京出生的。

暖小团：今天比如说，拍的这个是少女，像 17 岁一样，你的少女时代，在家基本上是怎么度过的？

李小璐：我少女时代是在剧组度过的，我 14 岁就开始拍戏了。14 岁开始拍《天浴》，回去上完高中以后，18 岁其实就已经入行了。

暖小团：当时是谁选中你的？

李小璐：陈冲。

暖小团：当时是陈冲。

李小璐：但是我从小就开始拍戏了。

暖小团：所以你没有什么那种小女孩自己在家玩儿的经历吗？

李小璐：很少，我从小有孤僻症。

暖小团：孤僻症?

李小璐：对。

暖小团：就是不愿意跟人交流。

李小璐：因为我小时候是跟爷爷奶奶生活的，写作业呀，都是自己一个人幻想，自己对着镜子演戏，就属于那种性格的。

暖小团：你记得自己当时给自己导过什么样的细节?

李小璐：就是被人绑架，被绑架在一个小屋子里面，然后就很恐慌，自己跟自己说话。

暖小团：台词?

李小璐：忘了。

暖小团：然后有获救的过程吗，还是说就只是恐慌那一段。

李小璐：对，有的时候恐慌，有的时候又是那种……说不上来，我忘记了。

暖小团：有尖叫吗?有什么那种。

李小璐：没有尖叫，就是那种。

暖小团：就演一种恐慌。

李小璐：对。演一种状态。

暖小团：你当时对自己演的戏满意吗?

李小璐：还可以吧。因为我其实在生活当中是一个特别不爱说话的人，就是人家看我是一个古灵精怪的感觉，或者像杨晓芸那种就是特别贫了吧唧，特别可爱，或者特能演喜剧的那种人。在生活当中，其实是一个比较安静的人，除非是跟自己特别好的朋友才能咋呼起来，要不然就是很安静。

暖小团：所以当你，比如说面对一帮不想说话的人的时候，你是怎么样调动自己去跟大家热情地打招呼。

李小璐：不调动，不说话。

暖小团：那大家可能，比如说，今天摄影师是一个害羞的人，我是一个害羞的人，你也是个害羞的人，我们凑在一起变成了一锅焖。

李小璐：对，我可能，要是以前的我，那就一锅焖，随便，只能这样很尴尬下去，但是现在我会去主动地沟通。比如说我拍这个《AA 制生活》的时候，刚开始，跟我对手戏的演员，我跟任重的时候，他不是特别地能够马上放得开。我就会主动去跟他聊天，跟他说话，在拍上个戏的时候，开头谁都紧。然后拍再上个戏的时候，那个王雷，我搭戏的那个男演员就是一个见面熟，自来熟的那种，我慢慢也就放得开了。其实我是一个随环境变化可以变化的人，就是现在练就了这种本领。

暖小团：3 岁的时候，开始演戏，《你只流三次泪》，演的是什么呀？当时 3 岁，一个小孩的话，到底是在演戏，还是在被当道具使？

李小璐：有台词。我还去配音了，你可以在网上搜得到。而且那个时候录音，那个年代没有同期录音，都是回棚里后录的。而且是只要配，我就能搭上我的画面，绝对不会有误差。连我妈都不一定搭得准，我跟我妈妈一起拍。

暖小团：那你还挺厉害，你还记得那句台词是什么吗？就一句吗？

李小璐：好几句啊。就比如说，小的时候，我特别会给自己加戏，人家说你叫什么呀？我叫小小，挽一下头发，笑起来，就像小孩那样捂嘴笑，然后台词就是你要是看到我爸爸的话，你就告诉他小小想他，怎么怎么样，很多台词，还挺多的。

暖小团：你如果回忆一下，比如说现在立刻让你闭上眼睛，回忆一下童年，肯定每个人都会闪过几个画面，有那种好的，有那种不好的，被猫吓啊，如果我闭上眼睛，我会想到一堆乱七八糟的。你能讲几个，你立刻能想到的童年的画面吗？

李小璐：我不知道，就是你有时候会不会闻到一种味道的时候，你会一下子想到你某一个阶段，就是某个阶段，我可能眼神不太好，但是我的嗅觉和我的听觉特别好。就是我闻到一种香味的时候，熟悉的香味的时候，比如说做菜的味，比如说那个黄瓜鸡蛋汤，做菜做的那种味道我就会马上想到上幼儿园的时候吃的那个饭，包子小米粥，就会想到小的时候上幼儿园的那个状态。闻到空气清新剂的那个茉莉花香，就会想到我上小学的时候，去同学家写作业的感觉。就是我闻到一种气味，马上就回到一种记忆当中。就是说，其实我的小时候真的挺丰富多彩的，而且我能够回忆到很小很小的时候，两三岁的时候。

暖小团：你两岁的事儿，你还记得。太恐怖了。

李小璐：我两岁的时候，但是那个就是像照片一样，片段式记忆。就是我能记得我被抱到现场，我被抱到摄影棚里，那个时候我是当活道具了，我一见到一群穿白大褂的就哭得不行了，就害怕，莫名其妙地委屈，记得很清楚。然后还记得我在屋子里面踩了一脚钉子，扎了一个眼，我就哭。反正就是小的时候都记得。

暖小团：你从 16 岁以后，也别 16 岁了，拍了这么多角色，你觉得哪个角色是你最喜欢或者最值得讲一讲的?

李小璐：其实挺多的，因为我拍的戏确实也挺多的，每一个角色都是不一样的故事。

暖小团：我知道。咱们别找平衡的那个，如果你脑子里冒出来第一个的，那肯定就是它。

李小璐：那就第一个来。只能说最近的了，就是《当婆婆遇上妈》，就是我在里面饰演那个叫罗佳的这个人物。罗佳的性格很像我。就是说，我以前演角色可能都不像我，我都演别人，这个戏就感觉在演自己。但是不是经历啊。就是这些事情发生在我身上的话，我可能也会以同样的方式去处理。我身边也有像戏里那样的妈妈和婆婆。我觉得这个人物是一个，就是说可以让我有突破的，虽然她不是那个什么，多么排场大，多么阵容大的戏，但是我觉得是走内心的，是一个她最后由一个可爱，变成一个内心很强大的人。我觉得是值得去反复看，这个片子事可以反复看的。还有一个戏叫《七天爱上你》。那个戏宣传得不是特别好，但是在里面我演了两个人物，一个是，我是一个作家，但是我为了写我自己的小说，我把自己变成了那个戏里的人物，因为不想去跟别人有雷同的东西，所以就真的去扮演这个人，去探险。然后就碰上了一个男孩，一路上演的一些故事。最后她装绝症就消失了，把这个男孩给骗了。但她同时没有想到的是，她自己会爱上这个男孩。所以那个戏也挺好看的。

暖小团：我觉得听着不错啊。委琐男（胡庆饰），你记得这个人吗？在那个《刻骨铭心的爱》里边。

李小璐：叫胡庆。

暖小团：是当时演你老公，还是演你什么？

李小璐：对。我在那个戏里面命运很悲惨，先是遭男朋友抛弃，生了个孩子，然后回头找他的时候，又发现他是制毒的，后来他又绑架我和孩子，要杀我们，我为了保护孩子，把他给误杀了，然后就躲，躲到一个非常偏僻的小院子里。胡庆是一个特别小气，然后又非常像个大事儿妈似的一个人物，但是他保护这个女孩，很爱她。

暖小团：所以听起来前面那个部分有点辣，你觉得比如说委琐男这种定义，你是喜欢男生的哪些优点，讨厌他的哪些缺点？

李小璐：就是说围绕着这个词儿吗？

暖小团：围绕着委琐说也行。你觉得什么样的男人算是委琐，什么样的算是阳光？

李小璐：我男朋友对我委琐我就挺高兴的。

暖小团：不是，他怎么了就委琐。还是得分清你们心里这个委琐和我们心里这个委琐的人的区别?

嘉宾：你这个委琐不是一个褒义词吧?

暖小团：有时候委琐是可爱的一部分。

李小璐：他就是怎么着都喜欢，我怎么着他都喜欢，这算委琐吗?

暖小团：不算，有点贱。

李小璐：那我就不知道了。

贾乃亮：不委琐，他不委琐，不要把这个词儿套在他身上。这个词儿好怪啊。

李小璐：委琐有点。

暖小团：那就说优点和缺点吧。

李小璐：一想到委琐我就想流哈喇子。

暖小团：那种留两撇小胡子呢?

李小璐：那不是向南嘛。向南就长得……

暖小团：文章，是吗?

李小璐：对，我受不了那种。胡子长几根那种，然后有的男的可以很man，然后留胡子比较有型；有的人就那么几根，他不刮，我就受不了。

暖小团：那个就是委琐。

李小璐：是吗?

暖小团：我感觉那个还蛮委琐的，而且冲美女一笑，再流点哈喇子，就齐了。

李小璐：反正就是觉得不干净。

暖小团：对。我看过你说的那个拍一部成功的电影，做一个成功的女人，度过浪漫的一生，这是啥时候总结的?

李小璐：17岁，人家问我有什么最大的愿望，我大概就是一分钟、两分钟地想，就写出来了。

暖小团：现在看起来这事儿靠谱吗?

李小璐：靠谱啊，我觉得这个是我一生的愿望，所以要等我老了才能觉得哪个是我难忘的电影，哪些事情应该奔着这个方向去，我希望我所谓的这种成功的女人，不是那种女强人，不是在事业上，也不是放弃事业为了家庭的，而是有理想、有梦想的，而且还能有家庭。

暖小团：那你这三个是一个套。你说，有理想、有梦想，就是成功的标志了，那你的理想就是想拍一部轰动的电影吗?

李小璐：对。

暖小团：然后你的理想之二，度过自己浪漫的一生，这三个是一个循环啊。

李小璐：不是一个循环，我觉得是一个。怎么说呢，人必须活就很矛盾，但是你要分得清，我自己本身就是一个矛盾载体。但是如果你要是自己都分不清的话，我要去拍一个电影，我就放弃我的浪漫人生，不可能啊。但是我在追求浪漫人生的时候，又可以拍个电影，这是我所希望的。而且问题是，我在写这三个东西的时候，人家问我，你希望你的人生是怎么样的。所以我觉得第二条是可以完全解释了，就是又有事业，又有家庭。我在有事业的时候，就可以拍一个比较轰动难忘的电影。而且这个东西我不是急于达成的。所以就造就了我的第三句，我希望我的人生是一个平缓、浪漫的。我觉得没有什么太大矛盾的，我就是因为这三条活得挺踏实的，我不会因为写完这三条以后，说完这三条以后，我就觉得不行，我得这样，不行，我得那样，就是还是比较坦然的。

暖小团：最近比较浪漫的经历是什么?

李小璐：反正就是，我觉得只要两个人天天在一起就行，就是属于那种不是特别大的要求，比如说，你要给我买一房间的花什么的，我就希望是那种特别踏实的，脚能着地的。

暖小团：会不会说，比如一房间花的这种想法，反而会给女生有的时候带来压力或者不适。

李小璐：没有安全感。我就觉得不着地。因为花的人生不可能是天天有的，我希望是两脚着地的生活。

暖小团：1998 年，去美国读书那段经历能说说吗?

李小璐：我 1995 年去的，12 岁去的。

暖小团：资料错了。

李小璐：没事儿。其实我刚刚学会了一个词儿，叫意识形态。就是，你对世界的认识与看法、你的思想意识是你在上大学的时候，是你在对人生和社会有认知的时候，有分析度的时候，你上完大学后逐渐形成的。这个词儿是我们拍戏的演员跟我讲的，他是个北京人，但是他上学的时候，大学是在上海上的。所以在他人生有了这种对这个世界和社会，还有对自己生活有了分析的时候，他的思想意识的形成受上海经济文化影响更多，所以上海就像他亲切的家一样。上海就像女朋友，北京就像妈妈的感觉。那么，我是从 18 岁就开始拍戏了，可能对我来说拍戏就像我身上穿的衣服一样，就是应该要穿衣服，就是我应该要拍戏。在美国的时候的生活是我童年的一些部分记忆，对我来说它使我接受新事物特别快，比如说可能外国的东西突然来了，你身边有外国朋友，他的性格是这样的，可能会说他怎么这样，会不大理解，但是如果是我的话，我就说，我知道，外国人都这样。生活就这样，所以我特别容易理解人。

暖小团：所以那时候你有一种西方人的思想意识。

李小璐：对。所以我可能，就比如说，我很注重过圣诞节，每年的圣诞节反而比我过每年的元旦还重要，就是因为我童年的圣诞节非常难忘。美国的圣诞节永远是那种放着像老唱片，然后那种下着雪，有圣诞树的感觉。对我来说那个很重要。

暖小团：现在没有，你要营造它吗?

李小璐：反正我去年是在横店过的圣诞节，在自己房间弄了特别多的圣诞树，特别有圣诞气氛，下载了好多圣诞歌曲，每天早上一睁眼，工作特别累，睁眼就听圣诞歌，就给自己加劲，加油，打气。

暖小团：催眠。

李小璐：对，催眠。就给自己望梅止渴，画大饼。

暖小团：但是在西方人的审美观念里，你算美女吗？你觉得他们认为那时候的你怎么样？

李小璐：还好。我小的时候确实也有很多人追我，但是我不算那小的时候。

暖小团：当时有老外追你吗？

李小璐：有。西班牙的，黑人都有，但是我对自己不是很自信。因为我觉得我还是比较空洞的，比较小，因为小，胆小，一个是性格比较内向，还有就是我不自信，我怕人家喜欢我什么，我什么也不懂，还不到被喜欢的那个时候。

暖小团：贾老师是怎么成功的？

李小璐：就是追我一年嘛。

暖小团：有什么实际行动吗？就比如说。

贾乃亮：我先出去一会儿吧。

李小璐：这个你自己（对贾乃亮）讲吧。没有，他就是死皮赖脸呗，就一直追，真心地死皮赖脸。

暖小团：我觉得肯定是有施展魅力的那个，就算钥匙，或者什么东西，你肯定有那一瞬间，你觉得啊。

李小璐：对。

贾乃亮：持之以恒，真诚、坚持。

李小璐：对，就是坚持。

暖小团：那我持之以恒，怎么每次都……

李小璐：再加上他自己条件还不错。

暖小团：我一持之以恒人家就报警了。

李小璐：再加上自身条件也不错，然后我觉得两个人，不是，这个东西你知道吗?

暖小团：我是人家淘汰之后，我才能替补上来，我替补的，对，我得等着那一天。

贾乃亮：我不信。

暖小团：这段儿掐了不播。

李小璐：不是，就是可能我的性格，两个人在一起是要有化学反应的。可能那个时候我们俩还没有化学反应，但是一年以后，我们俩有化学反应了。就是你可能追人家，人家可能对你没有化学反应，两个人在一起是会有化学反应的。就像我后来见了他就会脸红心跳，可是我喜欢，就是我见了他脸红心跳之后，我突然觉得，我当初怎么没对他脸红心跳。

暖小团：对呀，为什么呢?他后面做了什么样的事情呢?

李小璐：就是化学反应，难以解释。而且对我来说，比别人更奇怪的是，人家会一见钟情，就是你一见到他，马上就脸红心跳，然后就有化学反应，我是慢慢培养出来的化学反应。

暖小团：我估计这个跟醒酒似的。

李小璐：我觉得是，酒是需要被酿出来的，我可能是慢慢被酿出来了，对，就是那种感觉。

暖小团：所以其实没有那种什么具体的事儿，能供广大读者借鉴的那种，说怎么样才能打动一个人。

李小璐：真诚吧，就是真诚，还有就是有些东西不能强求。

暖小团：真诚但又不委琐。

李小璐：对。但是也不要去强求，那个尺度要把握好，挺难的。

暖小团：真的挺难的。

李小璐：非常非常难。

暖小团：有发过什么，比如说邮件、微信、QQ。

李小璐：那时候还没微信呢，QQ 也不用。反正就是微博的时候，他就老……

暖小团：这个微博呼一下，好像很多人回啊，然后几百条，几千条回，也就看不见了。

李小璐：转发啊，我关注的人不多。而且他不会说我等你，我喜欢你。

贾乃亮：我默默地，偷摸着，看她干吗呢。

暖小团：就每次发一个心?

李小璐：没有，就比如说我发了一张照片——我在地毯上惬意的下午，然后他其实很想我，他转发来一句：我喜欢这个照片里的阳光。但于你就心里明白什么意思了。

暖小团：好吧。那假装先明白吧。我想聊聊，比如说你这次拍摄的一个感觉。就比如前期的心理建设是怎么做的？然后后续的，你会不会因为做这件事情，觉得自己更勇敢了，或者长大了，或者怎么样。我们能不能给它硬扯一点意义出来呢?

李小璐：今天的拍摄呀?

暖小团：对。因为你身边好多朋友，我都拍过，马苏什么的，这两天在拍戏的都挺熟的。大家也都拍过。

李小璐：是不是都没我这么矫情?

暖小团：你蛮好的，真的，你算是配合度非常高的。

李小璐：反正我就是，有自己的想法，我就觉得这次拍摄，是咱们的一个开始。我觉得就是不是说我这次拍完了以后，永远不拍了，不可能所有的东西都能达到完美，达到最好，但是你可以以后更好。这次你有觉得亮点的地方，毕竟，毕竟那么多造型，你不可能每一个东西都是最好的，都是很完美的。就像你拍电视剧一样，不是每一场戏都非常完美。就是说，你用心去做了，这是值得鼓励自己的。

暖小团：前期有没有遇到一些纠结，比如说来自贾老师的。

李小璐：没有，我都没跟他说。我就直接拍板了。因为我相信我不会出现其他问题，否则我提前就说了。

贾乃亮：……我爱看《男人装》，我觉得……我爱看，所以我思想也很前卫，因此她要说她拍《男人装》，我会支持她。

李小璐：但是我首先就是，我相信我自己，我不会让他拍得很“膈应”的。所以我前期一直在与杂志方沟通。老实说，确实以前《男人装》也找过我很多次，给我说了好几次，我一直在犹豫。一个是我怕掌握不好自己的想法，主题跑偏了，被别人钻了空子。现在我觉得自己还是比较有想法的，还有我看了那上面也不是所有人都是模特，也有一些明星，最早周迅也上过，我看到她和徐克拍的那个了。

暖小团：我唯一没拍过的好像就是章子怡，一直都没赶上，一步错步步错过。其他的应该都拍过。当年四小花旦嘛。现在我觉得你们也算是，排在最前面的这几个了。

李小璐：反正我觉得有想法是好的，不要去为难别人，但是你要勇敢提出来，你不提出来，你有想法你憋着，反而出不了状态。

暖小团：憋出内伤来。

李小璐：对。憋出内伤来了。

暖小团：我刚才想问什么来着，完了，我老了。

李小璐：经常这样，我也这样。

贾乃亮：是不是灵魂出窍?

贾乃亮：我想吃烤鸭。

暖小团：最近崩溃的经历。

李小璐：最近崩溃的经历。

暖小团：好像一段一段的，都会有崩溃的那种，非常郁闷，或者非常焦虑，脑袋上顶着一个大雷。

李小璐：就是被人说我是耍大牌，说我难搞。我觉得每一个艺人做这一行，都有自己的底线，就是做人的底线。你不能触碰我这个底线，你不能触碰我那个底线，我觉得我这么多年，为什么做艺人的原因?就是我想拍戏，而且我的性格也挺随和的，但是你不可能随所有的戏，这么多年了，你不可能所有事情都顺顺利利的，就总会有差错的东西，总会有阴差阳错，或者总会有被人误解的东西。

暖小团：你是怎么被人误解的，把这个事儿讲出来。

李小璐：这不能讲，讲了就得罪人了。反正就说我是耍大牌，然后就不跟我合作了，前期其实都挺好的，莫名其妙就说我，现在哪个艺人不谈合同，谈合同谁不提条件，我觉得我的条件都是非常非常正常，就是常规，甚至更低的那种条件。其他的剧组，其他的合作人都会很顺畅，结果就莫名其妙来了一拨人，噼里啪啦说你难合作，说我又难搞，说我每天只工作8小时，想走就(走)，说走就走，就是那种样子，又不好相处。我当时觉得很委屈，我觉得我可以不拍这个戏，我可以不跟你们合作，但是你们不能把这个话给我传出去，因为这不是事实。我觉得这就是我的底线了。

暖小团：那你当时崩溃的反应是什么?

李小璐：你可以说李小璐年纪显大，或者年纪显小，或者是不适合演这个角色，我们最后觉得还是她更合适，都没有问题。

暖小团：一会儿年纪显大，一会儿年纪显小，都行。

李小璐:对,你说我这些都可以。但是你不能把我做人的这种，我觉得这是我的一个底线，对于我。因为我一直挺注重这个的。

暖小团：那当时崩溃的时候你的反应是什么?你会怎么做?

李小璐：做噩梦。

暖小团：你是往里消化，你不会大喊大叫。

李小璐:我做噩梦,哭了鼻子,跟他哭了一鼻子。我就是觉得，我可以不拍，我可以为了你把后面的戏推了，我可以为了你等几个月，但是你不能这么说我，后来每个人都开导我，我眼泪一抹，心情又好了，又想开了。其实我是一个很好哄的小孩，但是我觉得这个东西对我来说真的是一个底线。

暖小团：你如果给自己做一个比喻的话，动物啊、水果啊或者什么的话，你会选什么东西来比喻自己?

李小璐：我觉得我是一个郁金香花。因为我很喜欢郁金香，郁金香是一种很美丽很美丽的花，它也有五颜六色，但是它永远不会开得非常的大、灿烂，它是很含蓄的，它是有内涵的。虽然我不能说我那么有智慧，那么有学识，但是我是一个比较含蓄，一个比较谦卑的人，我不会高人一等，要去压别人，就像我在剧组里面，上到导演，下到场工，我都会对大家很尊敬。

暖小团：这一点，我可以帮你。你的一首MV叫《东方美》，是吧?

李小璐：对。

暖小团：你知道东方美已经变成一家按摩连锁店了吗?

李小璐：是吗?

暖小团：对。所以你对此有什么看法?

李小璐：我也不知道有什么看法，我希望我的歌能给大家带来快乐就好了。

蜜桃成熟时

暖小团：我妈可喜欢你了。

姚笛:哈哈哈,我的好多忠实粉丝都是妈妈级的,也不知道为啥。

暖小团：好事儿啊，以后结婚跟婆婆好相处。

姚笛：妈呀，结婚还不知道是啥时候的事儿呢。咱还是聊聊天气吧。

暖小团：来来来，大夏天的喝点儿酒凉快。

姚笛：哎呀，我不喝酒。

暖小团：在日本馆子吃饭哪有不喝两口儿的道理?

姚笛：别介，这个真不行，我酒量可差呢。

暖小团：梅酒，没啥度数。

姚笛：不行不行，我这样儿的一喝酒就犯错误。

暖小团：太好了，我就喜欢这样的，有错误我扛着。

姚笛：给你讲个事儿，你就知道了。我记得有一年过生日，组织一帮朋友聚餐。开始每个人敬我一杯，我觉得都是实在朋友，大老远儿过来给我过生日，我得卖点儿力气。干脆就来者不拒，一抬头一杯，一抬头一杯……

暖小团：瞬间就把所有人都放倒了?

姚笛：我哪儿有那本事?就这么喝了没十分钟，自己就轰然倒地，根本站不起来，睡得跟什么似的。只记得后来不知道几点，朋友他们拨弄我脑袋，说哎哎哎哎哎起来吧！散了散了啊！我刚迷迷瞪瞪地睁开眼睛，一看大伙儿都准备东西要撤了。敢情我刚才睡觉的时候他们自己玩儿得倍儿好，根本就没人搭理我。这是玩儿够要回家了，叫我起来是生怕我赖这儿不走拖他们后腿。

暖小团：真有出息。

姚笛：所以我根本就不相信什么酒后失言、酒后乱性这类的事儿。我总是觉得，喝完酒整个人就废了，躺在那儿别动最好，还说什么能冲动表白，能欲望爆棚，全是扯淡。

暖小团：我懂你。在你眼里喝大了就等于睡觉。

姚笛：服务员——给我来份儿蛋包饭。

暖小团：你不喝我喝，我喝大了也一样犯错误。

姚笛：没讲完呢。后来有一次，也是赶上聚会，有个第一次见面儿的人就故意想把我喝大了，一杯接一杯地跟我干杯，不巧我那天状态比较好，一直就不倒。

暖小团：那你后来到底喝了多少?

姚笛：我想想……大概有 5 瓶吧?

暖小团：……真的假的啊?

姚笛：真的呗。

暖小团：算了，那还跟你喝个什么劲儿。服务员——来两份儿蛋包饭!

暖小团：你性格其实挺好的，我喜欢不装的艺人。

姚笛：其实我以前不这样。

暖小团：你以前也装，是吗?

姚笛：我以前有过自闭症。

暖小团:说说看,这事儿听着挺新鲜。头回听说当演员有这毛病。

姚笛：当时还挺严重的，具体表现是跟初次见面的人不愿意主动说话。能一天一声不出，特别安静。

暖小团：你这是怎么落下的毛病?

姚笛：小的时候家里要求得太严苛的原因吧。我小时候被送到爷爷奶奶那儿，老一辈要求得总是有点儿严，又宠得跟什么似的，不让我跟陌生人说话，生怕我因为应了别人的茬儿就被人家夺了去。再加上小时候也没什么玩伴儿，不跟院子里的小朋友一起出去丢沙包，或者压根不许出门，自己就直勾勾地站在楼上往院子里看。

暖小团：小心驶得万年船。所以你才能活蹦乱跳地长这么大。

姚笛：反正我从上学的时候就知道自己有这么个问题。具体表现为，那时候有同学从我身边跑过去，跟我打招呼“姚笛姚笛”我也没有表情，直勾勾地看着人家。后来时间长了，人家以为我是生活在另外一个世界的人，更有甚者认为我这人爱装，没什么了不起的。更难过的是自己明明知道有这些个问题，就是不知道怎么改变。

宅男女神爱跳水

暖小团：哇！终于见到了 3D 版的宅男女神！

周韦彤：其实之前我挺抗拒这个称号的，总觉得宅男这个名字没什么正能量。后来慢慢理解了，其实宅男是特别可爱的一个群体。

暖小团：现在你理解的宅男是个什么形象？

周韦彤：唔……我觉得我理解的宅男是一群聪明活泼，很健康又富有才华的男青年。

暖小团：据说你原来是个运动员？后来为什么做了模特又转行做艺人？

周韦彤：因为从小的身高优势，所以被父母送去学体育。因为练体育的女孩个子都普遍比较高，有模特学校的老师去学校看有没有适合往模特方面发展的学生，因为我的身高吧，所以人家最后选了我，也挺偶然的。我当时也没多想，小孩子，也不懂啥，觉得挺好玩儿的就去了。

暖小团：这么说，你其实入行挺早的？

周韦彤：哪儿啊，那时候还是学生呢。当时我父母不太赞成我走模特这条路，在他们眼里按部就班地上体校当个运动员才是靠谱的。但我那时候总是觉得，自己这么大了，应该能给自己做主了。后来感觉做模特其实挺有意思的，尤其是我参加了一次模特比赛，还拿到了冠军，3万块的奖金拿到手里当时就美得不行了，我的父母就不再反对了，算是先斩后奏票吧，哈哈哈。

暖小团：最近忙什么呢？别告诉我在苦练跳水。

周韦彤：Yes！ 就是这样的。

暖小团：那你做运动员的时候接触过跳水吗?

周韦彤：没啊，我原来是学田径的，就是跑跳啥的。跳水对于我来说完全是一个全新的运动！是全新的挑战！

暖小团：一大帮明星一起跳水感觉咋样?

周韦彤：哈哈，说真的，跳水和咱们平常的游泳完全是两码事儿，两种截然不同的感觉。跳水特有专业性，还得有勇气。如果要说体会的话，那就是，这次的挑战算是给我人生的经历又增加了一笔。其实我也挺希望我们这些公众人物从10米高台上跳下来，也能给更多观众一些鼓励，只要有勇气，就可以挑战人生。

暖小团：入水一刹那有什么感觉?

周韦彤：哎呀，其实平时我是连蹦极都不怎么敢玩的，之前真没想过自己也能站在10米高的地方，没任何保护就直接跳进水里。第一次上去的时候，感觉特别恐怖！到最后还是我自己说服自己：“你行的！试试吧！”入水的一刹那真的有种释放自己的感觉，鼻子耳朵里面全是水，但身体的每一部分都紧绷起来，那种感觉就好像进入了另外一个世界。不过很爽，跳水真的可以算是极限运动。

暖小团：比赛过程里有什么好玩的事儿吗？独家透露一下。

周韦彤：哈哈，那可真不少。因为参加比赛的人都是零基础嘛，大家就开始一个个地练习，看到先上去的人身上被水拍得青一块紫一块的狼狈样，我们就站在场边偷笑。结果后来每个人都跳完了，发现大家都一个德行，大家就相视大笑，后来干脆就手拉手一起被水拍。而且我还偷学了点儿中医理疗的东西，因为大家被水拍，会有理疗师为我们按摩舒缓身体，时间长了自己也就会了。放松心情真的觉得很好玩儿，相互鼓励着，就算是困难也觉得没什么的。

暖小团：受过伤吗？

周韦彤：肯定啊，每个人都伤到过。我的小腿、胳膊就被水拍得青紫。不过我觉得倒也没事儿，之前做过运动员，这些事儿都习惯了，没啥。轻伤不下火线嘛。

暖小团：坚强的姑娘啊，你真牛。

周韦彤：哈哈哈，别夸我。我就是觉得人生中的小问题就是这么回事儿，你强它就弱，没啥扛不过去的。

暖小团：平时你都喜欢什么运动？

周韦彤：那就多了，我绝对是个运动妞儿。什么滑雪、跑步、潜水、打球，只要我觉得差不多的，我都乐意玩玩。

暖小团：所以身材这么好也是练出来的?

周韦彤：嘿嘿，我总觉得年轻的时候就该让自己试试，看自己到底还能有多大的本事?

暖小团：女神，你觉得什么样的女生最性感?

周韦彤：说句大俗话吧：自信的女人最性感。自信其实能让女人多出来不少魅力，也能征服男人的心。

暖小团：透露一下，你喜欢什么类型的男生?

周韦彤：嗯，我喜欢幽默风趣的男生。性格要好，人品更要好。还有就是能跟我一样爱生活的那种，我喜欢阳光男孩儿，哈哈哈。

暖小团：我们的 CoolGuy 正合适!

周韦彤：是吗？到时候我一定关注一下。

暖小团：对于未来，你有啥计划?

周韦彤：嗯，现在先踏踏实实地走好每一步。有机会的话，还要继续演戏。挑好的剧本，尝试不同角色，从不同的角度诠释自己的形象。再者，我想录个唱片什么的，做些新的突破。

暖小团：哎呀呀呀，粉丝们必须期待啊!

周韦彤：我会努力的！这段时间公司帮我安排了很多这方面

的课程，我在练歌上也花了很多精力。我算是个什么事儿都要求自己做到完美的人，到时候一定会为大家呈现我全新的一面。

亦熟亦少年

那个下午，刘恺威在我们聊天的过程中一直微笑着，举止大方。他非常健谈，态度得体，好像永远能找到与人聊天的话题。岁月并没有磨掉这个男人与生俱来的分明棱角，反而把他青葱时期的那些锋芒毕露彻底磨成一弯好看的弧度。

刘恺威的红是偶然也是必然，他并没有年少成名，从 1993 年出道至今，20 年的时间并没有让他少了丝毫英俊，反而让他变得更具魅力。近几年他一跃成为一线小生，都说人红是非多，可刘恺威低调的性格让他从未惹来非议。当年的小男孩儿变为今日的成熟男人，时间让他成熟和成长，减了的是虚妄和浮夸，添了的是淡定和随性。

暖小团：恺威，你最近在忙些什么?

刘恺威：最近真是挺忙的，近几周主要是忙着宣传自己工作室的第一部电视剧《盛夏晚晴天》，这是我做老板开始拍的第一部戏，所以当然需要加倍努力，对我自己而言，这也算一个里程碑式的作品。

暖小团：我知道去年年底，你成立了自己的工作室。做演员和做老板有什么不同的感受?

刘恺威：其实当老板的第一感觉是幸福，因为操持一切的时候，我就感觉自己像一个家庭的家长一样，你需要把爱奉献给周围所有人，周围人也会回报给你更多更厚重的爱，接下来就是满足感，这种感受也会让我更加清楚自己肩膀上的责任。因为刚开始做老板，所以处理所有事情还不能算完全得心应手，中间难免有些小波折，但这会让所有事情进入另外一个阶段，总而言之，结局是好的，过程很美妙。

暖小团:说说你最新这部戏中的角色吧,我听说是个花花公子?

刘恺威：哈哈，这个要特别介绍一下。这次演出的是男主人公叫乔花花，这个人性格很散漫，家境还不错，算是个富 N 代，性格上有点儿玩世不恭的意思，所以在当地算是个名人，很有话题性。这个角色跟我之前演过的角色都不太一样，演完之后觉得非常过瘾，就像过了另外一种生活一样，特别有趣。

暖小团:假如今天让你用几个标签来形容自己,你会选什么?

刘恺威：踏实、善良。这是我从出生开始至今一直不变的性格特征，有很多人说，这是不聪明的，但我觉得，这些秉性让我快乐，我为此骄傲，我一辈子都会这样。感情上的我是痴情和细腻的，这些都算我的特征。

暖小团：现在还想演些什么角色?

刘恺威：嗯，我想想啊，现在……想演皇上。

暖小团：想要娶个嬛嬛?

刘恺威：哈哈哈，那倒不是。我潜意识里总是认为皇上很神秘，大多数皇上都是很有故事的，他们生活都很坎坷，觉得很想挑战一下。不过我现在倒不是很挑角色，只要人物能吸引我，我就喜欢。剧本好是最关键的。只有演员对这个剧本有兴趣，才有可能演好这个角色。

暖小团：除了拍戏，生活中你都喜欢哪些运动?

刘恺威：做演员之前，我算是个足球小子，也喜欢打棒球，这类竞技类的体育运动特别吸引我。现在除了拍戏，空余时间少，我平时也会做些体育锻炼，几乎每天都会跑步，我也喜欢骑车，环保又方便，健身功效也不错。

暖小团：平时有些什么特殊爱好?

刘恺威：不怕你笑我，我挺闷的，平时没什么爱好，基本算是个宅男，休息的时候就窝在家里，但我爱看电影。

暖小团：现在又接戏又当老板，工作这么忙，遇到压力怎么处理?

刘恺威：收拾东西啊。我平时就喜欢整理东西、清理东西什么的，觉得给自己换个环境就开心多了。

暖小团：这算是个经济实惠的解压方式?

刘恺威：我之前看过一本书，叫《整理大法》，说是整理家务这事儿对人心理影响挺大的。比如说，一个人喜欢把家里收拾得干净整齐，人也就会活得纯粹。就好比说，咱们都喜欢旅行，觉得去旅行心情就会变好，所有的负担压力和不好的情绪都会因此一扫而光。实际上这就是因为换了个环境，离开过去那个环境，换个新环境就有个新的好心情。其实整理家务就是一种变换氛围的最好办法，能让自己活得简单，活得年轻。

暖小团：大胆想象一下，5 年之后的自己是什么样的?

刘恺威：从小到大我爸就是我的偶像，他告诉我要有担当，男生必须得有责任感，实际上，我也一直在朝着这个方向努力。

整个采访结束之后，我对这个男人做了这样的评价，其实骨子里的他还是个小男孩儿，他的眼角眉梢掩饰不住孩子一般的快乐和天真，他也许并非人群中性格分明，让人聊过天后就一直铭记的那一个，但他一定是举止得体，让人觉得非常舒服的那一个。我始终能记起他的笑容，他的笑淡淡的，但眼睛中闪烁的，全是真诚。

双面夏娃

“也许某天，我会拍一组裸体写真，留给年轻的自己。这并不代表我认为当我老了就不性感，我希望我可以性感到死。”

在情人节前的一个晚上，我和阿朵约在她家附近的一家咖啡厅见面。我比她早到一会儿，为的是勘察地形。发现周遭都是打牌嬉闹的人们，一个单间都没给我们剩下。我致电给她说明情况，她在那边粲然一乐：“在大厅里采访倒是没有什么关系，但是就怕听不清楚声音而已。等我吧，要来喽！”这样随和的态度和这样引人遐想的最后三个字，让我在等待之余，平添了几分幸福。

Side A　刀疤朵：我看谁还敢说我像陈好！

“就算不被祝愿 / 我闭上眼 / 哪怕堕落也算精彩。”

——阿朵《叹金莲》

暖小团：哇～！你脸这么小！上镜肯定好看！

阿朵：可是我脸太鼓了，我想让它平一点儿……

暖小团：听我一句劝：哪儿平了都不好看。

阿朵：哈哈哈！

暖小团：伤恢复得还挺快。

阿朵：（指着脸）哪儿啊？这不还有疤痕呢吗——

暖小团：已经看不大清了。

阿朵：从内到外缝合两次还这样儿呢！

暖小团：给我们讲讲，当时是怎么一回事儿？

阿朵：没什么大事儿，就是演出中途撞在了立柱上，血当时就出来了。

暖小团：你别这么轻描淡写的，受伤的一刹那你真不害怕？

阿朵：谁说的啊？我都要害怕死了，当时心里一个劲儿地嘀咕："不是磕到动脉上了吧？""不至于死了吧？"

暖小团：那后来呢？

阿朵：后来我用最快的速度看了下镜子，发现牙齿磕坏了，在流血；嘴唇磕裂了，在流血；眉骨磕破了，在流血。在心里粗略合计了一下，没生命危险，还挺高兴的。当时剧情正演到我的镜头，按照设计应该是周围都暗下去，镁光灯聚焦在我的身上听我说台词。我就一个劲儿地在跟所有工作人员打手势：快点儿，亮灯啊！亮灯啊！演出还在继续呢！

暖小团：周围的人都被你吓傻了吧？

阿朵：可不嘛！周围的人都围上来了，觉得发生了什么惊天大事一样，他们都认为我需要休息。后来好说歹说，终于让剧目继续下去了。

暖小团：真能逞强，据现场的观众说，他们都看到你在流血了！

阿朵：因为我当时正好穿了一件白色的戏服，血又一个劲儿地往下流。下一组镜头应该是其他演员在帮我擦眼泪，于是他们就借助这个机会，帮我把脸上的血迹擦掉。观众肯定是在想：没错儿，阿朵是在演一段儿苦情戏，但是这妆画得也太惨了吧？哈哈哈……

暖小团：亏你还乐得出来？医生要是说得留一道特别丑的疤怎么办？

阿朵：……嗯，医生没跟我这么说。但是我想了一下，如果脸上真的会留疤的话，那我就在脸上纹一条龙，一闪一闪的。

暖小团：纹个月牙儿吧，那样比较像水冰月或者是包公。

阿朵：嘿嘿，这就是上帝给我的美意。

暖小团：听说，这次突然受伤让你少收入 100 万？

阿朵：呃……咱商量一下，这句在见刊的时候能不能写成是：让公司少收入 100 万。

暖小团：行吧……以前总有人说你长得像陈好?

阿朵：哎哟，别人说像也就罢了，连我妈都说我俩长得像。撞衫可以有，也就得允许有撞脸的现象。

暖小团：哈……不过允许我问一个稍微矫情的问题：这道疤会开启你的另外一段人生吗?

阿朵：会啊，我开始回归，做真正的自己。

暖小团：有伤疤的才是真正的你?

阿朵：是的，不光是我，每一个对艺术追求不离不弃的演员，每一个在舞台上把最光鲜的一面献给观众的艺人们，其实都会有你看不到甚至想不到的伤疤潜藏在内心。我不过是受了个伤，让所有人知道我在舞台上的不易，实际上，更多的演员默默无闻，但是他们一路走来受到的伤害，要比我更重。所以，我的伤痕并不代表我一个人，而是解释了这个职业的不易。比如之前的萧亚轩、胡歌，现在的 Selina 和俞灏明，都不容易，我懂他们。

暖小团：你是说，作为艺人，身上受的伤跟心上的伤比，已经算轻的了?

阿朵：肯定是啊，我现在全身上下基本没什么完好的地方：脚踝受伤N次，膝盖磕伤N次，腰部软组织挫伤2次，肋骨挫伤2次……

暖小团：（上下打量）就这么问吧，你身上还有没受过伤的地方吗?

阿朵：………应该有吧！我想想看……有！真的有！我胸没

受过伤！哈哈哈哈！

暖小团：我就不检验了……说说看，你自己对我们为你拍的这套片子还有遗憾吗？

阿朵：时间太短啦……我本来还想拍摄一组透明的片子。我穿着华贵晚礼服面带笑容走在红毯上，衣服是透明的，人们能够透过衣服清晰地看见我身体上的伤……

暖小团：嘶——我代表我们的读者表示：我们也喜欢看到这样透明的能看到身体的图片！

阿朵：……不跟你闹了！

暖小团：编辑老汪告诉我，拍摄时，你流的每一滴眼泪都是真的？

阿朵：对，都是真哭。让艺人流泪的其实是生活，生活给我们的一切，我们又给予了舞台。

暖小团：这个行业让你受了这么大伤，差一点儿毁了自己的脸。说实在的，你恨不恨这个职业？

阿朵：其实每个行业的背后都有不为人知的艰辛。很多人说我们这个圈子乱。事实上的情况是：每一个用真感情去创作的人都必须具备一颗充满爱的单纯的心，才能唱出让人快乐的歌儿。如果在台上需要你表演一段感情，你是一定要在现实中经历过“台上三分钟，台下十年功”的磨练，不然出来的东西就是造作，就一定让人感觉没有生命力。

暖小团：假如当时，你的医生非常严肃地告诉你，你以后不能做演员了，你必须换一个职业，你会选择做什么工作？

阿朵：嗯……应该还是会选择一个跟美和艺术有关的工作吧。

暖小团：……你是想说你当《男人装》的编辑吗？

阿朵：……哈哈哈哈，可以呀！

Side B　怨妇朵：千万别说我强悍

“你到来就算你真的离开 / 也是因为了爱 / 我到来我离开 / 我不曾真的离开。”

——阿朵《旋转的时光》

暖小团：三年前你就当过《男人装》的封面女郎，并且帮助我们的杂志获得了不错的销售量。

阿朵：对，当时你们的编辑找到我，好像是说要请我拍内页，我说：噢，那等你们需要封面女郎的时候再来找我吧！

暖小团：后来，我们需要女郎，就去找你了。

阿朵：其实我总是想告诉大家这样一个道理：不是男人选择女人，而是女人选择要不要被男人喜欢。

暖小团：明天的情人节打算跟谁过？

阿朵：这个……一定要说吗？

暖小团：一定要说！

阿朵：和一个单身男光棍儿。

暖小团：干脆你俩凑合一下得了。

阿朵：……跟他？那还不如咱俩凑合一下！

暖小团：那就这么定了，我都快激动得哭了。明晚 8 点，还是这个地方见。不过，你这样的姑娘一定不缺人追，你就招了吧！

阿朵：谁说的？从来没有人追我，我也收不到玫瑰花。恰恰就是因为大家伙儿都认为：阿朵才不会自己过情人节呢！所以他们根本不敢追我，也不敢送我花。

暖小团：太伤感了……朵儿……你是在暗示我明天该做点儿什么吗？

阿朵：来劲是吧？……你知道最难嫁出去的女人是什么样的吗？

暖小团：这个……我还真不知道。

阿朵：比如，一个女人说，我要找有钱的；一个女人说，我要找有权的；还有一个说：我找什么样的都行。往往最难找结婚对象的，永远是最后的那一个。因为她自己都不知道自己到底要找什么样的。

暖小团：这个道理在男人身上也说得通，一个男人说，我想找张柏芝；一个男人说，我想找翟凌；我总是说，要啥啊？我就觉得找个啥样的都行……我终于明白我为啥还没有女朋友了!

阿朵：哈哈哈……对吧?

暖小团：我总觉得你是一个特别强悍的女人。

阿朵：可别再这么形容我，曾经有个男人抛弃我，是因为他认为我这么坚强，我一定能挺过来。可是他不知道我是怎么挺过来的，没死就算是挺过来，我不要坚强!

暖小团：你是要在情人节的前夜跟我们分享一个悲伤的感情故事吗?

阿朵：倒不是很悲情，只是我很爱的一个男人突然消失了。

暖小团：人间蒸发了?

阿朵：对，突然就不见了。他跟我说过海誓山盟，我还巴巴地等着他一一兑现呢，他人突然就失踪了。

暖小团：那你就一直等他?

阿朵：可能是我把我性格中最刺激的部分都无怨无悔地献给舞台了，所以我现实中是一个会为了一句承诺信守两年的人，我总是像古代女人一样幽怨地想：他爱不爱我不重要，重要的是，我还有能力爱着别人。

暖小团：他就这么不辞而别，那你怎么办?

阿朵：去年有人在街头抓拍到我当街痛哭流涕，实际上那个时候我刚刚失恋，又多少喝了一点儿酒，心里实在憋得很，于是就哭了出来。第二天所有的媒体都在娱乐版登了一条新闻：艺人阿朵宿醉街头失声痛哭。一时引来无数戏谑和揣测。

暖小团：干吗拿别人的哭找乐子?

阿朵：这算什么，这年头儿，还有人拿别人的死找乐呢!

暖小团:要是有机会,你能授权我抽抛弃你那男的一巴掌吗?

阿朵：很多人都有这个想法，包括我自己。不过，我抽他的目的不是为了质问他："你为什么抛弃我？"我是想告诉他："你记住，以后不许你再这么对任何一个女孩儿！"

暖小团：那男人要是回来找你，你还会搭理他吗?

阿朵：他要是求我的话，我会原谅他。

暖小团：可是如果他又走了怎么办?

阿朵：那我就当张爱玲呗……哈哈!

暖小团：你倒是乐观……

阿朵：其实，我以前也特别怕失去感情，特别怕。但是现在感情真的失去了，我发现其实也挺好的，因为从此以后我再没什么可怕的了。有朋友就告诉我：再重的感情伤，过三个月，也就过去了。

暖小团：为什么是3个月？不是3年？ 30年?

阿朵：因为……伤筋动骨一百天嘛！哈哈!

暖小团：你内心期待的完美男人是什么样的?

阿朵：嗯……他应该经历丰富，但是仍有一颗童心。

暖小团：经典问题再现：如果你男友跟你妈同时掉进水里，你先救谁?

阿朵：先捞我妈先捞我妈！不用说是我男朋友，就是我和我妈同时掉进水里，我都会让别人先捞我妈。

暖小团：啊？据说正确的答案是：跳进去陪他俩！

阿朵：不行，妈要是出事儿的话，那爸爸怎么办?

暖小团：脸上和心灵都受伤之后，你最想说的一个词是什么?

阿朵：感激或者是感恩吧，如果不是受伤到满脸是血，我还不知道原来我如此热爱这个舞台。如果不是内心伤痕累累，我不会知道原来没有爱情我也能活得自我。

暖小团：到现在为止，你最怕别人用哪个词形容你?

阿朵：其实我并不怕别人用任何一个词形容我，我只怕别人总用一个词来形容我，就是性感。

暖小团：妥了，咱下次采访就从性感这个词儿开始，我就不信你不烦我……

阿朵：……

暖小团：你知道吗？你现在这个说话的状态才最性感。

阿朵：啊？是吗？

女神也从容

认识巩新亮可能是在几年前，记住她也许是因为那张吸引人眼球的性感面孔、今天的她依然动人，不同的是，时间让她平添了几分神秘、从容，让这个女人愈发美丽，谈吐间的淡定让她有了点女神的韵味。

暖小团：大妞儿，好久不见。最近在忙什么?

巩新亮：嘿嘿，最近一直在美国，忙着录制自己的新专辑，前两天还刚刚发行了我今年的主打新歌，名字叫《内衣的秘密》，我很喜欢的一首歌。

暖小团：噢？这名字不错，够性感，够大胆。

巩新亮：这是由我自己亲自参与作曲的一首电子舞曲，同时最近我也在忙着做其他歌曲的 MV，另外还有两部电影的拍摄，空余的时间在读一些心理学的书籍。

暖小团：又是一个演若优则唱的姑娘，跟大伙儿介绍一下你的新专辑吧！

巩新亮：这次的新专辑，和我之前的歌反差很大，几乎大部分走的都是电子音乐路线，编曲和MV的创作都是国外顶级团队帮我打造的。刚发行了《内衣的秘密》，从歌曲的作曲作词包括编曲部分我都参与啦！其他几首歌曲也会在年内陆续和大家见面，期待一下吧。虽然主打性感，但这次肯定会是一个全新的我！其实有时候我真的很感谢我现在所拥有的一切，我觉得我真是一个幸运的人，周围有这么多的朋友愿意帮助我，关心我，很幸福。

暖小团：在演艺圈这么多年，电影电视剧里都能看到你的身影，接下来你想尝试点新领域吗？

巩新亮：我现在最开心的事儿就是能在这么多人的帮助和关注下做自己喜欢的音乐和电影。艺人有时候可能不被大家理解，自己觉得好的事不见得是大家都会一致看好的，但我始终在做我自己。比如我乐意为做一首让我满意的歌花上自己三个月的时间，即使很多人都不喜欢，但我很享受这个过程。这几年接拍电影也是如此，我想让自己现在把力所能及的这些事儿都做得更加完美一些。人嘛，总是要求自己越来越好的。

暖小团：是想彻底成为一个全能型艺人吗？

巩新亮：还没有，我只是要求自己做自己喜欢的事儿，朝着更好的方向走就行了。我经常这么告诉自己：现在我拍电影，我唱歌，我写书，都不是因为我想成名，只是在做自己喜欢的事儿，我享受的是这个过程。年轻嘛，就该做一点自己想做的事情。至于其他的，如果是我的兴趣和爱好，我都会去关注，来丰富自己。

暖小团：不少女明星说起来自己以后的打算的时候都会说，自己接下来想做制片、做编剧或者干脆当个导演，你将来都有些什么打算？

巩新亮：我暂时还没想那么远，只是想活在当下。我现在能做到的也只是认真地生活，开心地工作。我爱我现在的一切，我们每个人都是独一无二的，无论在做什么都是老天赐给我们的礼物，但无论我现在或是以后还要做些什么，我都会督促自己谨慎而坚持，我不会允许自己松懈，除非我想放弃！我真的打心眼儿里喜欢我现在拥有的一切，无论将来我到底还会做些什么，我都已经很感恩啦！

暖小团：对于今天我们的这组拍摄感觉怎么样？

巩新亮：其实之前也一直关注你们的杂志，今天自己能作为栏目主角出现还是挺激动的。今天很开心和大家一起合作，觉得咱们这次拍摄的摄影师是一名挺有自己想法的人，他能捕捉到我最真实的一面。在这里的每一个人好像都很清楚我们今天要拍什么样感觉的东西，这样就会很顺畅，也很开心，所以感觉还蛮舒服的，期待成片！

暖小团：大家形容你总是爱用性感女神这类词，你自己感觉呢？

巩新亮：我觉得性感只是一个代号而已，是表象，不过还是得感谢大家对我这样的一种称赞。其实我认为，我们每个人都一样，肉体、穿着、衣服，都是物质的；我们的心情、态度、信念、勇气才是内在的、精神的；我更注重我的内在的修为，不过外在当然越美越好啦！如果等我到了五六十岁，大家再提到性感优雅这类词，还是能先想到我，那我一定会特别开心！

暖小团：平常怎么保持身材？你也喜欢锻炼吗？

巩新亮：我算是个对自己要求极其严格的女孩，其实保持完美的身材是一件挺艰难的事儿，但如果把它当成是完善自己的完美工程，那就容易多了。我平时会多吃一些新鲜的水果蔬菜，或者是吃些清淡的食物，有空时还会做一些有氧运动，在工作间隙也会舒展下筋骨，其实重在坚持，因为起码这一点我永远在坚持着：做一个完美的女人！

暖小团：你怎么理解性感？或者说，你认为什么样的女孩儿才算性感？

巩新亮：我觉得每一个自信的有爱的女孩儿都是性感的，不需要刻意穿什么样的衣服、化什么样的妆、才能衬托自己的性感，性感也不仅仅是丰乳肥臀。

暖小团：就这么简单？

巩新亮：其实每个女孩儿都有属于自己独特的性感，并且会通过不同侧面展现出来，无论是清纯的、优雅的，还是野蛮的、成熟的，每个女孩儿都在以独特的方式和自己的语言诠释着属于自己的性感。要是问我，我理解的性感是一种真情的流露。如果性感有味道，那最美的性感的味道应该是自信、乐观和坚强吧，这会让周围人觉得有力量、有磁场！

暖小团：多问一句，在你心中，什么样的男人才算性感?

巩新亮：哇噻，有好多啊！哈哈哈，当一个男人全神贯注地在做一件事儿的时候，那个时候真的是魅力难挡啊！哈哈，还有还有，当一个男孩儿可爱得像个小孩儿的时候，还有当一个男人展现自己最真实的性情的时候，还有当一个男人开着车眼睛瞟向窗外的那个瞬间，还有当一个男人说“我爱你，你就是我的女人”的时候……都特别有魅力！

暖小团：真有画面感，描述得还挺准确！

巩新亮：哈哈哈，其实这些都是我的那些女朋友们分享给我的。我总是觉得，当自己要是真爱上一个人的时候，只看那个男人走路的背影都觉得他是性感的！这就是情人眼里出西施吧！

暖小团：平常生活中的你都有些什么爱好?

巩新亮：嗯……说到这个其实我很惭愧，工作基本上就占据了我所有的时间。我也不太喜欢社交，只要有时间的话，看书和听音乐就算是我的最爱了。现在快到夏天了，我也很享受出去走走，跟大自然多亲近一下，心情就会变好，也算给自己一个放松。

暖小团：这么说不工作的时候你就是个宅女?

巩新亮：哈哈哈哈，差不多吧，我确实喜欢待在家里，简单地做点事儿。我喜欢在家里插个花，布置家居，休闲的时候给自己做一杯咖啡什么的。赶上天气好的时候，早起在阳光下放着爵士乐，读本有意思的书，我就会觉得好幸福。

暖小团：原来镜头前的女神生活里也这么简单哈！

巩新亮：我只是觉得过点轻松的日子才最快乐。现在还年轻，做自己喜欢的工作，平时打发时间也多忙些自己擅长的事儿，没有比这个更高兴的事儿啦！女神？哈哈哈，我也希望我是吧，我会努力。

暖小团：希望别人怎么评价你？

巩新亮：嗯，这个我说不准。别人的评判标准不一样，我能做的肯定不是封上别人的嘴巴，我也只能踏实从容地走好自己的每一步，尽量让自己过得好，活得精彩。起码让别人评价的时候会说，巩新亮是个很努力的艺人，她也很快乐，这就够了。

我不是个好球员

站在巨人的肩膀上

罗纳尔多在足球界绝对是个伟大的名字，无论是当年那个穿着巴西队服理着瓦片头的胖子，还是那个一头卷发总爱傻乐的小龅牙，又或者是他，克里斯蒂亚诺·罗纳尔多。似乎每一个叫罗纳尔多的男孩子未必都有什么过人之处，但是一定会成为一个不错的球员。

2006 年夏，刚刚在世界杯上亮相的时候，他被全世界叫作小小罗。对，就是小小罗，这个名字听上去不伦不类，没有任何个人色彩，他似乎永远是罗纳尔多家族的新生儿和延续者。那时候，人们要么忙着对已经日渐发福的外星人殚精竭虑，要么正对晃着手指的小龅牙拭目以待，没有人愿意把更多的目光投向他，我们的克里斯蒂亚诺·罗纳尔多，这个罗纳尔多家族里最能以外貌取胜的孩子。不过，他必须得感谢他的姓氏，让他在第一次亮相世界杯赛场上，在浩如烟海的球员中，被全世界的人记住了名字。

年纪尚轻的他就这样在人们的期待中一路走来，你得承认，这个褐色眼睛的小伙子身上确实有些过人之处，以至于太多的足球名宿甘愿在他的职业生涯中充当绿叶，成为助他成长的催化剂，当他身披红魔的 7 号球衣站在球场上主罚任意球的时候，全世界都愿意相信，他会是继贝克汉姆之后第二个任意球大师。当他从葡萄牙传奇球星刘易斯·菲戈手里接过国家队队长袖标的时候，人们相信，他从菲戈手中接过的，其实也是一个属于葡萄牙足球未来的新时代。挑剔的曼联老帅弗格森曾经说过一句震惊世界足坛的话，那就是："当今足坛，我只愿意为一个人花 6000 万英镑，这个人就是克里斯蒂亚诺·罗纳尔多。"当然，最后弗爵爷以 1224 万英镑的身价买下了他，但是请注意，这还只是在 2003 年 C 罗签约曼联时的数字而已，到了 2009 年，24 岁的他签约银河战舰时，皇马俱乐部主席弗洛伦蒂可是为他掏了 9400 万欧元的惊人价格。

再让我过一个儿童节

如今在足坛身价不菲的 C 罗并非出身豪门，而是生在葡萄牙一个再平常不过的多子女家庭。但是这个顽皮的小男孩儿从小就对足球表现出了极大的兴趣，他期待得到的圣诞节礼物或者是生日礼物竟然都是足球。因为条件限制，他的周围没有一片能提供给这个天才少年肆意奔跑的球场。于是，这个快乐的小家伙就在坚硬的马路上盘带皮球，因为街道拥挤，人来人往，所以他必须学会带着皮球连续不断地躲车、过人。一起踢球的男孩儿都比他年长，于是他一次次地被人铲倒，又一次次地站起来。如今再回忆起少年时的这段经历，他说：“我从未畏惧他们的挑衅，因为我相信，我能用足球击败他们！”这也许就是之后他叱咤绿茵场时，他盘扭技术过硬而且能够 90 分钟始终冲锋陷阵的原因。

如果让你回忆，13 岁的时候你在做什么，也许你面前会出现自己少年时期那孱弱干瘪到风能吹倒的身材，还有永远写不完的家庭作业。可是，1998 年，13 岁的 C 罗被葡萄牙劲旅里斯本竞技队以 1500 英镑的价格买下，折合人民币约 1.5 万块。很快，这位少年就包办了全队在比赛中的一大半进球，绝对是物超所值。

因为出身小镇，所以 C 罗讲起话来总是带有浓浓的口音，这成了他少年时期被队友嘲笑的话柄。他不断地成为被侮辱的对象，这成了影响他成长的一种桎梏，他甚至差点儿因为这种不公平待遇患上抑郁症。他说：“那段日子很不好过，我当时只在想，求求你，上帝，不如再让我过一个无忧无虑的儿童节吧。”

毁誉参半的 7 号

7 号球衣，无论在星光熠熠的皇家马德里，还是在高手如云的葡萄牙国家队，包括在 C 罗之前效力的曼联，都是一个绝对的领袖身份象征。然而，不客气地讲，现在身披俱乐部和国家队两件 7 号球衣的年轻队长其实却是个货真价实的“刺儿头”。

贫寒的家境和年少时候被人嘲讽的遭遇固然造就了 C 罗在球场上的果断勇敢，但也导致了他的独断专行。早些年关于他的花哨踢法，足坛上就众说纷纭，加上在效力曼联的早期，球场上独断专行的风格让他成了一个孤独的武士。好在这个聪明的小伙子很快意识到了这一点，2010 年世界杯，世人就看到了他和卡卡亲如兄弟，在镜头前笑得像两个孩子，这张照片很快被各大媒体纷纷转载，成千上万的人见证了这对儿俱乐部好搭档间的友谊。

去年，他在自己的微博上写下了这样一段话：“我怀着激动的心情宣布，我成了一个小男孩儿的爸爸。”不久后，他向小他一岁的女友伊莉娜求婚成功，虽然婚礼至今尚未举行，我们也无从判断，孩子的妈妈到底是不是这位三围惹火的俄罗斯籍模特，但是我们有理由相信，这位刚满 26 岁的青年将会和他所有不快乐的过去说再见，就这样一路奔跑着，迎接属于他的 2012 年，因为这个夏天，每一个爱足球的人都期待见到他为我们奉献的又一次眼花缭乱的表演。

7 问皇马 7 号

（我自己翻译的，不知道对不对，而且有的问题是节选，那些问题太二了。）

暖小团：身为足球运动员，你最在意身体哪个部分呢？

罗纳尔多：腿，当然是腿！腿将是你未来职业生涯的筹码。受伤完全可以毁掉任何一个球员，当然，它带来的疼痛感不是最可怕的，可怕的是因此失去了继续驰骋在球场上的机会。除了为它准备一份昂贵的保险之外，我在训练和比赛的时候也会先做好足够的热身运动。我还想用这两条腿踢出更多奇迹呢！

暖小团：对于像你这样伟大的球员来说，能力和实践，哪个是更重要的呢?

罗纳尔多：其实，这两者都是非常重要的，甚至可以说是缺一不可。球场上永远需要有天分的运动员，他们更有灵性，更能带给我们球场上的惊喜。但是，如果仅仅是因为拥有过人的天分就不去实践，那么我想，与生俱来的天分就没法更好更快地发掘甚至提高，你永远只能停留在这个水平上，消耗掉你现在仅有的能力之后，你将发现自己已经不再具有任何超能力了。

暖小团：你最想效力的球队是哪一个？或者说，你最喜欢的教练是哪一位?

罗纳尔多：当然是皇家马德里！这是一个堪称完美的球队，我很高兴能成为这个团队中的一员。我最欣赏的教练，我最崇拜的球员，包括我生活中最好的朋友，他们都来自于这个神奇的俱乐部。我对现在的状态很满意，并在一直努力，让自己成为球员里最出色的一个。

暖小团：作为一个锋线杀手，你能偷偷告诉我们，守门员怎么做才能更有效地扑出点球吗?

罗纳尔多：打消脑子里的一切恐惧和紧张感，一定要集中精神。不要被所谓的假动作蒙蔽，别分心，保持全神贯注，冷静地作出判断，相信自己最初的选择。

暖小团：你最想在球场上挑战的对手是谁?

罗纳尔多：我喜欢踢球这件事儿，我也热衷于经过 90 分钟的努力最终获得成功的这个过程。在球场上我们遇到的对手，也可能是我们的朋友，一起踢一场球，也是相互交流和增进了解的必要步骤，每个球员身上都有值得我学习和借鉴的地方。所以我想，无论对手是谁，我都会认真地和他们好好踢一场，争取能获得胜利。

暖小团：《男人装》是一本男性杂志，我们想请你给我们的读者谈谈，你平时是如何保养自己的?

罗纳尔多：首先，健康的生活态度必不可少，我们每个人都应该为自己的未来积累足够的能量，所以应该养成好的作息习惯，同时，还要经常参加体育锻炼。我偶尔也会做皮肤护理，当然这些对我来说都有点麻烦，男人总是对打理自己的形象不够在行，不过起码应该让头发质感更好，更洒脱，因为这样会让你整个人看上去更精神。

暖小团：来，跟你的中国粉丝们打个招呼吧!

罗纳尔多：中国的球迷们，你们好，我是克里斯蒂亚诺·罗纳尔多，谢谢你们一直以来对我的关注和期待。你们对我来说象征着很多，你们是我人生中的一笔巨大的财富。我知道在中国，有很多球迷关注我，我会努力，不会让你们失望的。

你所不知道的C罗

他每天都要起早参加俱乐部安排的训练，但是只是上午，下午的时间一般由他自己自由安排。

他计划在身体上用汉字做一组刺青。

他打败了齐达内，目前是世界上身价第一高的足球运动员。

他曾经在年少时候反复问自己：当我走在大街上，所有人都能第一时间认出我的时什么时候才能到来？

最早认为他具有运动员潜能的人是产院的医生，这位医生在成功接生之后对C罗的母亲这样介绍这个她还没有见过的小宝贝：快看，你的儿子长了一双足球运动员的脚，这个小男孩儿长大以后一定会带给你许多快乐！

C罗痛恨吸烟。

他的英语是到曼彻斯特之后利用业余时间自学的，现在，他告诉我们，他还准备自学意大利语和法语。

虽然已经是一个1岁男孩儿的父亲，但是C罗认为适合结婚和生子的年纪应该是他30岁那年。

世界足球先生的一天

早上7:30，闹钟响，起床，去便利店买些简单的早餐，比如奶酪汉堡或者三明治，他也喜欢喝酸奶，然后大约花 25 分钟时间到训练场。

上午 10:00 训练开始，有时候他也会带上早饭去训练场的健身房吃，他喜欢提前一点儿抵达训练场。

下午 1:00 完成训练的他会回到家，一直待着。千万别惊讶，这位英俊的世界足球先生是位资深宅男。

如果有比赛的话，下午 6:00，他和队友会在马德里的机场集合，一起乘坐飞机去酒店，为第二天的比赛做准备。

如果没有比赛，下午晚些时候，C 罗会帮助家里做晚餐，虽然他只会做色拉，偶尔也会做一只美味的烧鸡。但是请了专业厨师的他从不挑食。